NF文庫
ノンフィクション

陸鷲戦闘機

制空万里！ 翼のアーミー

渡辺洋二

潮書房光人新社

はじめに

陸軍航空のイメージを形成するのは、日華事変当時は軽爆撃機、直接協同偵察機のような、地上部隊と連携する機種だったのが、開戦後は敵の拠点や施設をつぶす重爆撃機に変わった。省部（陸軍省と参謀本部）の力の入れようも同様だったと思う。そして太平洋戦争のなかばから、次第に重点が戦闘機へと移っていく。

こうした傾向はドイツも同じで、勝ち戦《いくさ》から苦戦に落ちこんでいく資源小国がたどる道なのだ。味方を押し攻める敵航空兵力の撃滅こそが、戦局挽回の要訣だから、当然と言える。

後退した戦線をもちこたえ、機器材の量と質を確実にアップして反攻に転じた米軍の頑強な威力。そんな前線に配備され続け、人機の補給がままならない、いや一方的に減るばかりの陸軍戦闘隊の苦難。敵の何分の一でしかない戦力比率は、不運な特定組織にとってだけの事態に限らず、どの部隊にものしかかる悲しい現実であった。

海洋と散らばる多数の島嶼《とうしょ》、ビスマルクとソロモン両諸島が主担当範囲の海軍航空。陸軍航空はニューギニア、中国、東南アジア、蘭印（インドネシア）を受けもった。本土、フィリピンは両方の戦場だった。ともに主敵は米軍であり、一部に英軍が加わっている。海軍と陸軍、どちらの戦域が戦いやすかったとは、まず決められない。

陸軍航空の決死敢闘は、海軍のそれにいささかも劣らないし、飛行機や火器のレベルにも確然とした差異を見出しがたい。両軍の戦闘機戦力がともに死力をつくした、内地の大都市上空、沖縄とフィリピンの攻防を追えば、それらのいずれの局面にも、陸鷲たちの不退転の覚悟と、保身を捨てた行動が浮き上がるだろう。

つねに制空を追求して爆撃隊の生還を心がけ、地上部隊の尖兵を疑わず未開の地から苦境へ飛び、市民殺傷の無差別空襲の盾たらんと邀撃《ようげき》に邁進した陸軍戦闘隊。空中、地上の両勤務者たちが成果を求めてひたすらに闘い、その経過と結果はいかようであったのか。

この本は大冊ならずとも、大空に航跡を描いて歴史を刻《きざ》んだ人々の言語と行動、心情を過《あやま》たず記述、表現しようと努めた。読者の脳裏に残る結果を得て役割の過半をはたし、祈念を全《まっと》うしたいと願いつつ上梓する。

陸鷲戦闘機——目次

陸鷲戦闘機

制空万里！ 翼のアーミー

伝聞「加藤軍神」

――高き人格に抜き出た手腕

固有名詞の知名度が海軍よりも大幅に低い陸軍のなかで、いまも一般市民に、いくらかなりとも名前を知られている第二次大戦中の人物は、東條英機首相と加藤「隼《はやぶさ》」戦闘隊長だけではなかろうか。したがって、実戦に参加した最も高名な陸軍軍人は、加藤建夫《たてお》中佐（戦死後に少将）と定めてもいいだろう。

加藤中佐はまた、死後に軍神とあがめられた。軍人にとって最高のこの尊称をなぜ得られたのか。高名な理由と相通じるものがあるのか。

彼と直接に関わった人々を取材したおりに、人となりや技倆《ぎりょう》を聞く機会を得た。以下に、勤務歴を追って回想の言葉を列記し、軍神の何たるか、何ゆえの軍神かを浮き彫りにしてみたい。

飛行第五連隊〜飛行第二大隊

第三十七期士官候補生、つまり陸士三十七期を大正十四年（一九二五年）七月に卒業。三ヵ月後に歩兵少尉に任官したが、志願により翌日に航空兵少尉へ転科し、操縦者採用試験に合格した。

第二十三期操縦学生を命じられて、翌年八月からの一一ヵ月間に飛行機の機構と操縦を学ぶ。学生二五名中トップの成績で、御賜《おんし》（天皇からの下賜品《かしひん》。「恩賜」にあらず）の銀時計を授けられた。満二十三歳の才能の実証だった。

勤務のふりだしである飛行第六連隊の隊付《たいづき》に続いて、昭和三年（一九二八年）三月に所沢飛行学校教官。五年三月には陸軍士官学校本科区隊長の辞令で地上勤務に変わり、七年八月、明野飛行学校教官の職を得て空に復帰する。明野飛校は将校操縦者が空戦技術と指揮官教育を学び、新型機の可否を試す、いわば陸軍戦闘隊の基盤であり本拠地的存在だった。

《昭和七年兵で、第五十八期操縦学生出身の関口寛《ひろし》さんの談話》

「医家の養子の私は、大学で医術を修めるより航空に夢中になって、志願兵を選びました。加藤大尉は昭和十一年、明野でわれわれ下士官学生の教官でした。操縦の技術ももちろん優れていたが、射撃が実にうまかった。吹き流しに全弾命中など滅多にないことなのに、教官がやって見せてくれた。掛け値なしの名射手ですよ」

《第二期少年航空兵・操縦生徒の戦闘班だった林武臣《たけおみ》さんの談話》

曳航標的の吹き流しを広げて弾痕を数える。弾丸の着色痕が付き撃った操縦者が分かった。後年の明野飛行学校での情景だが、ようすは変わらない。

熊谷飛行学校で練習機の基本操縦教育を終えたのち、明野へ出向いて十年夏から十一月まで、九一式戦闘機を用いた戦技教育を受ける。関口さんと入れ替わりのかたちだ。

「教官の加藤大尉の操縦と射撃はすごかった。いちど、『入り○発、出○発をやるぞ』と言って上がり、着陸して曳航機の吹き流しを見せてくれました。入り弾《だま》と出《で》弾《だま》の孔《あな》を数えたら予言どおりで、ただ啞《あ》然《ぜん》でした」

吹き流しに入る弾丸と出る弾丸の孔は、射入角によっては数に差が出る。それを読んで、異なる数字を伝え、みごと予言と同数の孔を穿《うが》ったのだ。もちろん、全弾命中よりもさらに難しい。

《昭和四年六月に結婚の田《た》鶴《づ》夫人の談話》

「主人は釣りが好きで、休みの日には夏は鮎釣り、冬はカイズ（黒鯛の幼魚）釣りに出かけました。まだ暗いうちにお弁当を用意して、夕方にはニコニコ顔で帰ってくるんです。魚籠《びく》の中には一〇〇尾以上もカイズが入っておりまして、夕食のあと味醂《みりん》干しの支度にかかります。カラカラに干し上げ、あちこちに贈りましたが、なかなか評判がようございました。空を仰げば、いつも激しい訓練が見られました。皆様のご無事を祈りながら、なぜこんなにまでなさらなければならないのか、などと暢気《のんき》なことを考えたり致しました」

カイズ釣りは明野飛校第七代校長の徳川好敏少将が入れこんで、空戦に通じると奨励したため、加藤中尉／大尉だけでなく他の教官たちも、せっせと鳥羽の海岸へ通ったそうである。

飛行第五連隊の第一中隊長への転任は十一年十二月。同連隊は立川飛行場を基地にし、戦闘と偵察それぞれ二個中隊で構成されていた。

《機関工手《こうしゅ》で勤務した木村泰三さんの談話》

「飛行機が好きだったので、兵科を希望できる選外志願で立川の五連隊に入隊しました。昭和十一年十二月だから、ちょうど加藤大尉が五連隊に転属されたときです。連隊内の整備中隊で初年兵教育を受け、続いて整備を学びました。〔日華事変の〕動員下令後、出発直前にそれまでの九一《きゅういち》〔式〕戦〔闘機〕から九五《きゅうご》〔式〕戦〔闘機〕に変わった。

加藤中隊長は人間味のある人でした。入隊後まもなくのころ、中隊が明野への移動で飛んだとき、雲が出て半分しか降りられず、残りの機は付近に不時着陸しました。立川に帰ってから中隊長が『俺の運用が悪かったのだ。皆がよくやってくれたのに、申し訳ない』と言われたのには感銘を受けましたね。

弾薬庫の衛兵に立つ工兵（整備兵）が居眠りしたのを、他隊の兵に見つかって営倉に入れられた。彼がヤケを起こさないように、中隊長もいっしょに営倉に入ったのです」

この営倉の件については、後述の檜與平《ひのきよへい》さんが著作のなかで、やや異なる状況説明に続けて「毎夜、営倉を訪れて（中略）部下を見舞った」と書いている。しかし檜さんはまだ士官学校にも入っていないときの出来事なので、資料か伝聞がソースのはずだ。したがって、実際は木村さんの回想どおりとも考えられる。

十二年七月の日華事変勃発により五連隊に、動員下令と戦闘二個中隊からなる飛行第二大隊の編成が命じられた。当時は出征にあたって、既存の飛行連隊のなかで、外戦用の飛行大隊または独立飛行中隊が新編される方式を採っていた。

加藤大尉は第一中隊長に任じられた。装備機は新鋭の九五戦（定数一二機）。七月のうちに華北・天津《テンシン》に進出し、以後は飛行場を保定、石家荘、彰徳と南西へ進めていく。加藤中隊長の初撃墜は、十三年一月三十日の洛陽攻撃時に屠《ほふ》った二機だった。

《前出・関口さんの談話》

「第二大隊で下士官なのに暗号を任され、ときどき加藤中隊長が『なにか面白い情報はないか』とのぞきにくる。五十八期（操縦学生）を出るとき、明野に中国の政府軍から研修にきた操縦者が三人いました。林、李、もう一人は周か孟と言ったね。中国にもどった彼らが敵

九五式二型戦闘機に乗る飛行第二大隊・第一中隊長の加藤建夫大尉。胴側の赤鷲マークの下に描かれた３つの撃墜マークから、昭和13年３月８日の第一次西安攻撃後の撮影と思える。

空軍のパイロットとして前線に出てきたのを、中隊長は知っていた。

加藤さんは私だけに言いました。『お前たちと戦っているパイロットは、俺が前に教えた連中だから戦闘法が分かる。まず俺が編隊長機を叩く。右へ逃げたのを追え』と。敵の野戦情報隊が使う暗号文に、編隊長をはじめパイロット名が出てくるから、誰が戦死者なのかが知れるんです。教え子は加藤中隊長が三機とも落としました」

明野飛校で、同時に訓練を受けた中国人パイロットは一一名といわれ、そのうちの三名だったようである。

「少尉候補者の試験を受けて私はトップで受かっていたが、加藤さんに呼ばれて、下方《しもかた》（鶴二）さん（四十二期操縦学生。大隊本部付。二十年二月十三日、シンガポール上空のＢ－29邀撃《ようげき》で戦死）は兵隊が四年古いから譲ってやれ、と言われました。このとき航空士官学校へ行っていれば少候十九期で少佐なのに、結局二十三期の中尉どまり。試験も十九期のときは難しかった。二十三期を受けたときは、〔飛行第十三戦隊の〕戦隊長室で紙にマルをつけるだけの無試験でしたね」

飛行第六十四戦隊

航空兵団司令官・徳川好敏中将から飛行第二大隊に感状がわたされた昭和十三年五月、加藤大尉は九機の撃墜戦果を残して、陸軍大学校へ入校するため彰徳飛行場から飛び立った。翌六月から十四年三月まで陸大で学んで、航空総監部・航空本部部員の辞令を受けた七月には、寺内寿一大将の随員を命じられて渡欧、ドイツ、イタリアを訪問している。

この間の十三年八月、飛行第二大隊の二個中隊に独立飛行第九中隊を加えて、飛行第六十四戦隊が新編された。その四代目戦隊長として、華南・広東《カントン》の天河《てんが》飛行場に加藤少佐が着任したのが十六年四月のなかば。

14年７月の渡欧出国をひかえて写された、加藤少佐のパスポート添付用の写真。

使用機材はとうに九五戦から単葉の九七式《きゅうなな》戦闘機に変わっていた。五月、広東東方における地上戦の恵州作戦に協力し、加藤戦隊長は三年ぶりの空戦指揮をとった。

来《きた》るべきマレー進攻作戦に、より高性能のキ四三（よんじゅうさん）／一式戦闘機が必要と目され、この機の六十四戦隊配備が決まった。少佐は航空本部・教育部部員のときに、運動性重視、機関砲不要の立場から採用に反対していたが、ひとたび使用者側に立つといっさい不服を表わさず、九月に東京・福生《ふっさ》の飛行実験部に来て慣熟に邁進した。

《飛行実験部・実験隊の戦闘機班にいた荒蒔義次《あらまきよしつぐ》さんの談話》

「六十四戦隊へのキ四三の伝習教育（操縦法の伝授）を『お前やれ』と（実験隊長の）加藤敏雄中佐から言われたが、面倒くさいので『いやです』と、大して手伝わなかった。待機所《ピスト》にいたら加藤戦隊長が来て『おい、やろう』と言うんだ、キ四三同士の空戦訓練を。加藤さんは士官学校（四十二期）のときの区隊長だから、断われませんよ。

加藤さん〔が有利〕の高位戦を二回やったが、まだ四三《よんさん》に慣れていないはずなのに、低位〔で不利〕の俺をかなり追いこんだ。次はこっちの高位戦で、二回攻撃して降りようとしたら、また低位からかかってくる。四〜五回やって、きりがないので先に降りちゃったら、あとで『〔低位戦で〕勝つまでやろうと思った』と聞かされた。加藤戦隊長の腕前？ そりゃうまいよ。それに戦闘意欲というか、闘争心が旺盛なんだね」

操縦技倆《ぎりょう》は掛け値なしの陸軍屈指、脂が乗りきった進級後まもなくの荒蒔少佐にとって、無条件に「うまい」とほめ得る操縦者は十指に満たなかったのではなかろうか。

《荒蒔さんの談話》

「開戦後、明野飛行学校の将校集会所の前で、寺西〔多美弥《たみや》〕さん、横山〔八男《やつお》〕さんと話

東京・福生の飛行実験部に置かれた一式一型戦闘機甲(この時点での名称は単に一式戦闘機)。飛行第六十四戦隊の受領機で、決めたばかりの戦隊マーク(第一中隊の白)が尾翼に塗ってある。16年9～10月の撮影。

していたとき、寺西さんが『〔戦地が〕長くなると加藤君、戦死するから、代わりに行けよ』と言われたことがあった」

陸士が一期先輩で同じ戦闘分科出身の二人は、つねに陣頭に立つ加藤少佐の性格をよく知っていたからである。

《航空士官学校・第五十三期士官候補生出身の檜與平さんの談話》

「加藤戦隊長は初め、一式戦に反対でした。航本部員から六十四戦隊長へ転出させて、抜き打ちで制式採用したのだとわれわれは感じていた。しかし『決まった以上は、やろう』と言われ、九月中旬、まず戦隊長と安間《あんま》中隊（三中隊）が福生から広東に持ってきました。呼び方は初め『キのヨンサン』で、そのうちに『隼』『一戦《いっせん》』になったんじゃないかな」

《陸士五十三期出身、三中隊整備班長を務めた新《にい》

美《み》市郎さんの談話》

「矢印の戦隊マークの考案はヨンサンに機種改変のおりです。広東で、安間〔克巳《かつみ》〕大尉が『マークを作ろう』と音頭取りをして。最後に『いちばん簡単なのがいい』ということで決まった。このとき、空中集合のさいや夜間飛行時に判別しやすいように、戦隊長から『長機にだけ、なにか印を付けてくれ』と要望が出たんで、戦隊長機は主翼と胴体に、中隊長機は胴体だけに、白帯を塗りました」

開戦の十二月八日以降、マレー半島上陸作戦の護衛とマレーの制空権獲得の戦闘を続けた六十四戦隊は、十七年一月にシンガポール攻撃に参加。二月にはスマトラ島、ジャワ島の制圧、三月下旬からビルマ（ミャンマー）攻略戦と、休む暇《いとま》なく戦い続ける。

地上掩護と敵空軍撃滅に多大な成果をあげた加藤戦隊長は、同期のうちでいち早く二月に中佐に進級した。

《檜さんの談話》

「私は二中隊付だが、戦隊長の僚機もしばしば務め、編隊飛行中は左後方から、濃い緑の加藤機を見ていました。私が戦隊長に指でなにかを示すと、振り向きもしないで頷《うなず》くのが不思議でしたね」

《加藤夫人の談話》

「主人は、目のあいだが広いので両側がよく見えるんだ、と言っておりました」

日華事変中の13年１月末、華北・彰徳で二飛大・一中隊員たちが報道班員に撮影される。上方のひもに付いた日の丸の小旗は、洛陽航空戦の撃墜戦果。

《檜さんの談話》

「『報道班員に〔個人の〕撃墜機数を聞かれたら、戦隊の戦果を言え』と戦隊長から命じられていました。支那事変（日華事変）の教訓ということでした。そのころは例えば二機落とすと、飛行場上空で宙返りを二回やったと聞いている」

飛行第二大隊当時、落とした機数だけ日の丸の小旗をひもに付けて飾り、これを敵機撃墜旗と称した。その発案者が加藤中隊長で、部下の士気の鼓舞が目的だったのだろう。しかし、やがて新聞記者が恰好《かっこう》の材料にして空中勤務者を煽《あお》ったため、功をあせるムードが生じ始めた。

その苦い記憶が加藤戦隊長に、個人戦果の顕示を許さない方針を固めさせたのだ。撃墜マークも九七戦までで、一式戦に描かれることはなかった。
《新美さんの談話》
「加藤戦隊長はまさに、余人をもって代えがたい人物です。謹厳実直、決断力に富み、率先垂範の典型でしょう。敵を知るための情報収集も怠らなかった。とっつきにくい感じだが、怒鳴ったりしない。声は少し甲高《かんだか》く、落ち着いた、分かりやすい話しぶりでした。ヨンサンを熟知していましたね。整備〔関係者〕が戦隊長から文句や苦情を言われたことは一切ありません。任せきってくれました。
シンガポール攻略戦が始まるころ、出動可能な飛行機は一五機ぐらいしかなかった。一、二中隊合わせて五〜六機を戦隊長が率い、安間中隊長が三中隊の七〜八機を率いていく。三中隊の整備はこれを誇りにしていました。安間大尉は戦隊長よりもいくぶん柔らかい性格。二人とも明野〔飛校〕の御賜です」
加藤中佐の信頼厚い安間大尉は四月八日、北部ビルマのローウィン〔ロイウィン〕攻撃で戦死した。同じビルマで戦っていた独立飛行第四十七中隊から、その月のうちに黒江保彦大尉が新三中隊長として着任した。
《檜さんの談話》
「加藤さんは安間大尉の後任に、神保《じんぼ》〔進〕さんがほしかったんです。これが影響したのか、戦隊長と黒江さんのあいだにいくらかズレがありました。黒江さんが自分の本〔ＮＦ文庫

『あゝ隼戦闘隊』）の中に、不時着後に生還した平野〔保〕伍長に対する二人の感情の差を書いている。平野伍長がいったんは敵に捕まったのでは、と懸念する戦隊長を、黒江さんは厳しすぎると感じてますが、そうじゃない。人間的な暖かさと、味方を不利に陥《おとしい》れてはならん軍人の責任感を併《あわ》せ持ち、どっちもおろそかにしないのです」

航士五十期出身の黒江大尉は豪傑肌の反面、喜怒哀楽が豊か、かつ繊細《せんさい》な感覚も有していた。同じく独飛四十七中隊で戦った神保大尉は、二期先輩の陸士四十八期で、安間大尉と同期。豪胆そのもの、細かなことは気にしないタイプだ。自身とは異なった、傍若無人とも形容し得る神保大尉の性格を、加藤中佐は高く買い着任を望んだというわけなのか。

檜さん自身、強靭《きょうじん》な不屈精神と優れた人間性を兼ね備えた人柄なので、加藤戦隊長を仰ぐ気持ちは人一倍だったに違いない。

十七年五月二十二日、ビルマ北西岸のアキャ

17年２月13日、パレンバン挺進作戦について第三飛行集団長・菅原道大中将の訓辞を聴く、隷下部隊の指揮官たち。左から６人目の飛行帽が加藤戦隊長。６日後に中佐に進級する。

ブに進出時、飛んできた英空軍第60飛行隊のブリストル「ブレニム」(「ブレンハイム」)と呼んだ)Ⅳ型双発爆撃機を追跡。攻撃中に敵弾を受け、右翼から発火するや、加藤戦隊長はためらわず海中に突入、自爆した。

《新美さんの談話》

「デング熱にやられて、トングーの宿舎で高熱を出して唸《うな》っていました。黒江さんも同じ病気にかかり、いっしょだった。夕方、アキャブから帰った〔二中隊長の〕大谷〔益造〕大尉から、戦隊長の戦死を知らされて驚きました。あの戦隊長がふつうの戦いで死ぬはずがない。相手が〔強敵ではない〕「ブレンハイム」と聞いて、なおびっくりです。皆、愕然《がくぜん》として声も出なかった」

加藤中佐の戦死は、大げさではなく陸軍を揺さぶった。その八日後、かつて独伊視察をともにした南方軍総司令官・寺内大将から「実ニ航空部隊ノ至宝タリ」と記述の個人感状が出され、陸軍初の二階級特進処置がなされた。二ヵ月後には陸軍省から公表され、新聞各紙のトップに「軍神・加藤少将」の見出しが掲げられた。

《檜さんの談話》

「加藤さんが戦死された夜、私は日記に『軍神部隊長』と書いた。まだ加藤軍神の呼び方が出る前です。生前から、まさしく軍神でした」

《新美さんの談話》

「軍神と呼ばれて当然の人でした。当時でも加藤戦隊長の六十四戦隊にいることを、誇りに思っていました」

どんなに疲れていても可動機が一機だけなら自分が出撃する、完璧な率先垂範と陣頭指揮。彼我の戦力の研究、熟知を怠《おこた》らず練り上げる作戦計画。部下一名の生命を戦果よりも重んじる人間性。加藤少将に「軍神」を冠するのに、筆者はなんらの抵抗も感じはしない。

さいはて邀撃《ようげき》戦

——二つの墜落の特異性

日本列島に台湾、朝鮮、樺太《からふと》などを加えた昭和二十年（一九四五年）までの日本本土のうちで、最も自然条件の苛酷な航空基地所在地——それが千島列島の北部、すなわち北千島の占守島《しむしゅとう》と幌筵島《ばらむしるとう》である。

冬の酷寒と無風時の大量の積雪、春から初秋は濃い海霧が発生し、そのうえ低気圧に覆《おお》われれば中型台風なみの暴風が四季を問わず吹きすさぶ。すなわち、飛行機の運用がたいそう困難な地域なのだ。

昭和十八年のなかばまで、千島列島に常駐する陸軍機は皆無だった。航空に不向きな気象に加えて、離陸すればすぐ苦手な海という地理が、その要因である。

ところが、一年近くにわたって占領してきたアリューシャン列島西端部の雲ゆきが悪化し、五月末にアッツ島が玉砕。キスカ島も風前の灯《ともしび》の様相を呈すに及んで、北千島の存在価値がにわかにクローズアップされてきた。

アッツ島～占守島は一二〇〇キロもの距離だが、あいだに海しかない。したがって北千島は、西部アリューシャンからの米爆撃機の空襲にさらされる最前線、というわけだ。千島では陸軍機を使う作戦協定が、すでに二月に海軍となされていたうえに、陸地およびその上空の本土防衛について主担当者の陸軍は、辺境であろうと本土には違いない北千島へ、戦闘部隊を送らねばならなくなった。

「隼」が北千島に現われた

北海道から北、すなわち樺太、千島、アリューシャンをふくむ戦域を、日本陸軍(海軍も)は北東方面と呼んだ。北東方面を守備範囲とするのが北方軍で、その指揮下に第一飛行師団があった。

略して一飛師は、隷下《れいか》に戦闘機戦隊を二個持っていたが、飛行第六十三戦隊は昭和十八年五月の時点でいまだ固定脚の九七式戦闘機装備だから問題外。飛行第五十四戦隊は一式二型戦闘機とはいえ、第一中隊は台湾、第二中隊は阪神地区の防空のため〝出向〟中で、第三中隊だけが北海道帯広にいた。

はやい話が、広大な北東方面において、敵機を撃てる陸軍戦闘機はわずか一個中隊、可動一〇機前後にすぎなかったのだ。

昭和18年秋、幌筵島・北ノ台飛行場での第五十四戦隊・第二中隊員。前列右から７人目が中隊長・北古賀雄吉大尉。飛行隊編制の前なので、中隊員の多くは整備の下士官兵だ。後ろの一式二型戦闘機は滑走路と同じ板敷に置いてある。

主力の二中隊を率いて大阪の大正飛行場にいた五十四戦隊長・島田安也中佐は、六月七日付の大本営陸軍部命令により北方軍指揮下に復帰。数日のうちに帯広に到着し、三中隊と合流した。ただし、一中隊は台北に分離したままで、やがて独立飛行中隊に改編される。

昭和十八年なかばの北千島に陸軍飛行場は一ヵ所だけ。幌筵島の北東端の柏原《かしわばら》地区に角材を敷き詰めた一〇〇〇メートルの滑走路が、完成まぢかの状態だった。ふつうの舗装ではなく板敷にしたのは、セメント不足と雪どけ時の泥濘対策のためで、やがて北ノ台飛行場と通称で呼ばれ始める。

七月上旬に滑走路が概成すると、まず第五十五飛行場大隊が先着して受け入れ準備にかかった。帯広で好天を待っていた五十四戦隊は七月二十日、戦隊本部の九七式重爆撃機の先導のもと、一式戦二型二三機で北ノ台に進出。幌筵島の南西端に位置する武蔵基地の第二八一航空隊の零戦、占守島別飛《べつとぶ》沼を使う第四五二航空隊の二式水上戦闘機とともに、米爆撃機に対する警戒態勢に入った。

緊急出動

北千島の空の戦いは、すでに始まっていた。

一回目は十八年七月十一日。占守、幌筵両島間の幌筵海峡をねらって、B-25「ミッチェル」双発爆撃機が雲上から投弾したが、三〇キロも東へそれ、日本側は来襲に気づかなかったほどの、両軍とものオソマツさだった。

八日後、こんどは四発重爆撃機のB-24「リベレイター」が、同海峡周辺の施設や艦船を目標に空襲をかけてきた。哨戒していた四五二空の零式観測機と緊急離水の二式水戦は捕捉できず、敵の爆弾も当たらなかった。五十四戦隊の北ノ台到着は、この翌日である。

「三度目の正直」のことわざどおり、アリューシャンの米第11航空軍と日本機との交戦が、次の空襲の八月十二日に展開された。

アダック島を発進、アッツ島前進飛行場で燃料を補給ののち、出撃したのは第28混成航空群のB-24九機。幌筵海峡沿岸部を爆撃して離脱にかかる重爆を、五十四戦隊と二式水戦の一部の機がつかまえた。

第28混成航空群が失った二機は五十四戦隊の戦果で、これが全軍を通じて本土上空におけ

アッツ島の南東海面上を第77爆撃飛行隊のB－25Dが飛行する。時期は1943年(昭和18年) 9月だが爆撃行ではなく、日本潜水艦に対する哨戒が任務。

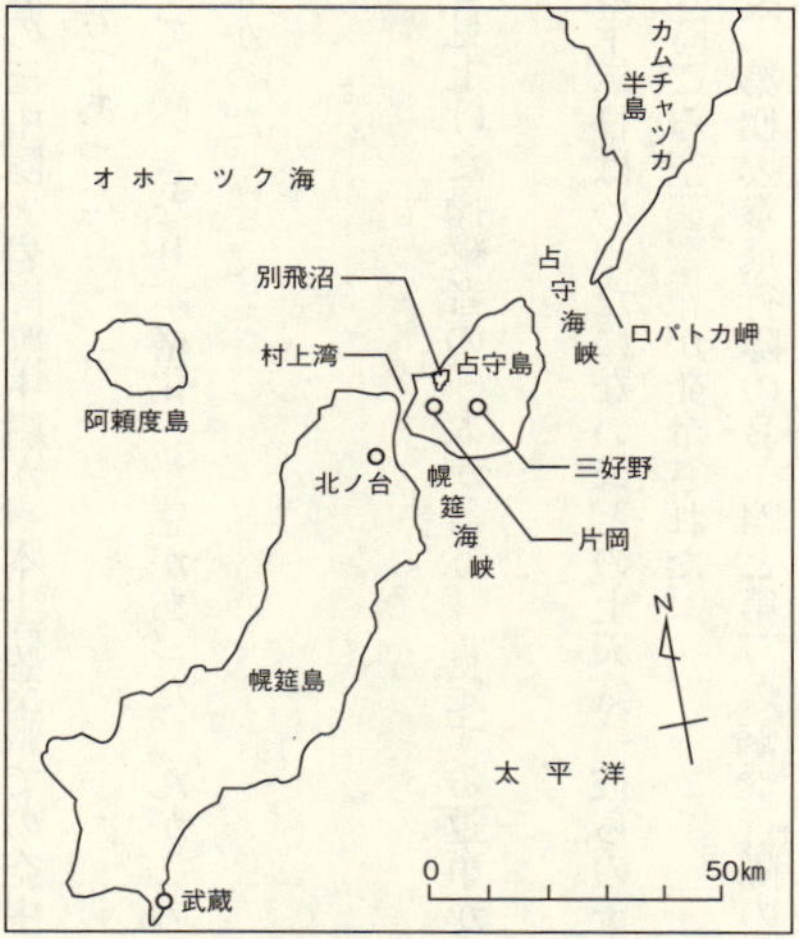

る初の撃墜記録だった。また、占守島不時着の三中隊・岩瀬勲中尉が、本土防空戦での空中勤務者（陸軍）／搭乗員（海軍）の戦死第一号であった。

北千島の邀撃戦は五十四戦隊の参入を持って、いきなり本格化した感があった。だがこの第三回空襲は、次の戦いの前座試合にすぎなかった。

「今日あたり、やってくるかも知れんぞ」

北ノ台飛行場のピスト（待機所）から空を見上げた操縦者の一人が言う。肯定する返事がすぐに出た。

天候不良があたりまえの北千島では、九月十二日はめったにないほどの上天気。彼らの予想は的中し、対空監視哨からの報告で午前九時ごろ空襲警報が発令された。

今回も最前線飛行場のアッツ島を利用して、第404爆撃飛行隊のB－24と第77爆撃飛行隊のB－25D合計二〇機が、幌筵海峡へ向かった。

このうち、目標上空に達したB－24編隊は高度五〇〇〇～六〇〇〇メートルで海峡の南東（太平洋側）から、同じくB－25二個編隊は反対方向（オホーツク海側）の村上湾から超低空で侵入する。

明らかに日本軍をまどわせる二正面作戦だ。だが、天候の許すかぎり訓練を重ねてきた五十四戦隊の反応はすばやい。

哨戒で飛んでいた三中隊の輿石久《こしいしひさし》中尉、若鍋《わかなべ》正彦曹長、福田正雄伍長の三機が、いち早くB－24編隊へ向かう。警報がかかった地上ではつぎつぎに「隼」のエンジンが始動し、互いにぶつからないよう駐機場から滑走路を横ぎるかたちで、放射線状に発進に移った。

超低空飛行で離脱するB－25を五十四戦隊の一式戦が捕捉し、黒煙を吐かせた。敵が写した、戦隊の戦果を証明する写真だ。

　いちばんに離陸して僚機と編隊を組んだ戦隊長・島田中佐は、爆撃を終えて逃げるB－25群の行く手をはばもうと、カムチャツカ半島南端ロパトカ岬の東方洋上へ先行する。カムチャツカのソ連領空への侵入は厳禁と示達され、天候の急変と洋上航法の不安から、島影を見失うほどの追撃も禁止と定められていた。

　島田中佐の操縦技倆は折り紙つきで、五機編隊のB－25を前側上方（斜め前上方）から襲って先頭機を撃墜。続いてもう一機に有効弾を与え、こちらは帰還後の検討で不確実撃墜と判定された。

　三中隊長・林弥一郎大尉が率いる一式戦は、高度を下げつつ離脱していくB－24編隊を、取り囲むように攻撃をくり返す。一二・七ミリ機関砲ホ一〇三が二門だけ、それも日本陸軍流の軽量弾では、タフな米重爆の息の根を止めるのは困難だった。

突進する横崎機

緊急出動のさい、前方機の砂塵をかぶるまいと懸命に離陸を終えた碓井《うすい》健次郎軍曹が、空中に長機の姿を見つけて接近する。

下士官操縦学生八十七期、台湾の教育飛行隊で九七戦の訓練を終えて、昭和十七年九月に五十四戦隊に転属し千歳に着任。典型的な戦中派操縦者の碓井軍曹の戦歴は、二中隊の小隊長・横崎二郎中尉の僚機として北千島に来て始まった。

横崎機の左後方に位置して、機関砲を装塡する。右方向やや後方に分隊（僚編隊）の松本源次郎曹長と菊地鬼子《きしお》男伍長がついた。五十四戦隊が二月に福生《ふっさ》の航空審査部で、九七戦から一式戦に機種改変するとき、二機・二機のロッテ戦法を導入し、これが編組《へんそ》（飛行編成）の基本をなしていた。

四機が高度をかせぐうちに、風防の中で横崎中尉の手が動いた。彼の指の方向に目をやると、前上方、距離一〇〇〇メートルあたりに六機編隊のB-24が見える。横崎機が主翼を振るのを合図に、小隊は戦闘隊形で上昇、接敵に移った。

敵重爆は占守島の上空にさしかかり、ゆるく右旋回を始める。投弾を終了し、帰途につこうというのだ。

ほとんど高度差がなくなったB－24に、側方から迫った横崎小隊長機が連射を浴びせ、僚機三機も同様に第一撃を放つ。かなりの弾数だ。だが敵は落ちない。

菊地伍長の一式戦が西方向へ離脱していく。異常を察したのか、松本曹長機も翼をひるがえして菊地機に続いた。

北ノ台飛行場の二中隊警急ピスト（控え所）前に並んだ中隊操縦者の全員。本篇に登場するのは前列左から２人目・横崎二郎中尉、右へ北古賀中隊長、江崎増男軍曹、松本源次郎曹長、後列右から碓井健次郎軍曹、菊地鬼子男伍長。横崎中尉が戦死をとげる２～３日前に撮影された。

伍長は敵の防御火網の返り討ちに遭《あ》ったのだ。胸部に一二・七ミリ弾の貫通銃創を受け、出血多量の重傷にもかかわらず、乗機を北ノ台飛行場まで持っていき、着陸滑走を終えて失神。幸いにも戦死はまぬがれた。

横崎機と碓井機の追撃は続く。オーバーブーストの連続で、じりじりと重爆編隊に追いついた。敵が五機に減っている。第一撃で煙を吐いたやつが、視界外へと後落した（遅れた）のだろう。

二〇キロ、二五キロと占守島が後方へ去る。

碓井軍曹も洋上飛行が好きなわけはないが、文句など言っていられない。左手方向に見えるカムチャツカ半島の山々を視野に入れつつ、ひたすら第二撃の機会を欲していた。

敵と一〇〇〇メートル近くの間隔で併進するうちに、ようやく追い抜いて、なおも赤ブーストの高出力を続行。少しずつ高度を下げて海面までもう二五〇メートルしかないB－24に、直上方攻撃はかけられず、行く手をはばむのが唯一の方法だった。

敵機から黒いものが離れ落ちるのを、軍曹は見た。重量物を投棄し、速度を増して逃れるつもりか。

爆弾倉がカラの軽量状態とはいえ鈍重なはずの四発重爆に、快速であってしかるべき単発戦闘機がやっと一〇〇〇メートルあまり先行したときには、占守島から北東へ五〇キロも離れていた。彼我の速度差は情けないほど少ないのである。

旋回し前方攻撃をかけうるだけの距離が開いた。横崎機は翼を振って反転、B－24編隊にほぼ同高度で向きあって、直前方に近い浅い前上方攻撃の態勢をとった。碓井軍曹もこれにならい、長機と二五〇メートルほどの間隔で接敵する。

対進攻撃だから、一一〇〇メートル～一二〇〇メートルの距離は五秒で詰まる。軍曹は敵先頭機の左（彼から見て）の機の主翼付け根をねらい、全神経を集中、発射ボタンを押す。

このとき彼の視野に驚くべきシーンが入った。急操作で離脱するはずの小隊長機が、まっしぐらに先頭機に突進し、尾部にぶつかったのだ。

炎も煙も出なかった。一式戦はもんどり打つかたちで後方の海中に落ちた。

短い二連射を放ち、衝突寸前で右足を思いきり踏んで機をすべらせる。きわどく斜めに抜ける碓井機に、B－24の射弾が集まってきた。翼端あたりに四発当たったが、飛行に支障はない。

中尉が激突した敵機は、姿勢をくずさずに着水した。もういちど振り返ったときには、海面から出ていた一式戦の尾部は見当たらず、B－24の尾部の一部だけが沈み残っていた。

感状授与

オーバーブーストの連続でエンジンにガタがきた機では、ふたたびB－24に追いつくのは不可能だ。自身が攻撃した敵が煙を引いて去ったのを手みやげに、振動まで出だした一式戦で北ノ台をめざす。

帰還は碓井機が最後だった。さきに重傷の菊地伍長が降りていたので、操縦者たちが心配顔で碓井軍曹のまわりに集まってきた。

軍曹は二中隊長の北古賀雄吉大尉に交戦状況を説明する。北古賀大尉は「体当たり」の言葉に驚いた。

「そりゃ大変だ。戦隊長のところへ行こう！」

戦闘司令所にいた島田中佐も、話を聞いて態度を変えた。激突のようすを詳細にたずね、体当たりかどうかの念を押す。

この年の五月にニューギニアで飛行第十一戦隊の小田忠夫軍曹機（一式戦）がB－17に、六月にはセレベスで第九三二海軍航空隊の木野宥治中尉機（九七式艦上攻撃機）がB－24に、それぞれ体当たりするなど、自発的な激突はなくはなかった。だが、まだ例は少なく、戦死者には感状授与と二階級特進の措置がとられていた。陸軍では感状を出すのが軍司令官だから、飛行戦隊にとって大変な儀式なのだ。

「横崎中尉の体当たり戦死」は五十四戦隊長の名で、第一飛行師団長・原田宇一郎中将に打電され、さらに北方軍司令官・樋口季一郎中将に伝えられた。僚機の視認により状況は判然としており、翌十三日付で感状授与と特進が決まった。

この知らせを聞かされて、碓井軍曹は胸をなでおろした。それは横崎中尉の人となりが原因である。

航空士官学校五十三期生出身。静かな、闘志を内に秘めるタイプで、下級者への対応にはつねに心がこもっていた。中隊長教育を受ける甲種学生として明野飛行学校へ行っているときも、「下士官も大切に教育しないと戦力は上がらない」旨を手紙で戦隊長に伝えてきたという。責任感も強かった。

B－24編隊との空戦時、反復攻撃がかなわない以上、弱武装の一式戦ではぶつける以外に止《とど》めを刺す術《すべ》はない、と決断しての捨て身行為だったと思われる。

体当たりから一週間たった、九月十九日の午後。服装を正した碓井軍曹は、飛行場の東端部に設けられた幕舎へおもむいた。最後の空戦をともにした僚機操縦者として、島田戦隊長と二人だけで、故・横崎二郎少佐の感状授与式に参列するのだ。

幌筵島爆撃から帰っても濃霧で飛行場へ降りられず、第404爆撃飛行隊のB－24D「リベレーター」がアリューシャン列島の小島に不時着した。滑走時に胴体に削られた跡がツンドラに残る。胴体上部と右翼中央が被弾で破損したように見える。

北方軍司令官代理の将官（千島第一守備隊司令官・斎俊男少将？）が感状を読んで島田中佐にわたたし、上聞に達したことを伝える。遺骨箱はカラなのに、ささげ持つ碓井軍曹には横崎少佐の魂魄《こんぱく》が宿っているように感じられた。

九月十二日の空戦で、五十四戦隊の合計撃墜数はB－24が五機（うち一機不確実）とB－25が二機（うち一機不確実）。海軍四五二空の二式水戦もB－24の三機撃墜（うち一機ほぼ確実）と報じた。ほかに高射砲による二機撃墜が記録されている。

実際の第11航空軍の損失はB－24三機とB－25七機。数だけ見れば日本側の発表と大差がないが、このうち七機はカムチャツカ半島に不時着し、ソ連に抑留されたがゆえの未帰還だった。

五十四戦隊が何機を落としたのか、正確に知るのは困難だ。けれども、米重爆の邀撃を全うするには体当たりせざるを得なかった、一式戦の非力は如実に示された。

その後も空戦のつど、ホ一〇三が二門の低威力に歯がみし、「なぜ二〇ミリ装備の零戦を陸海共用にできなかったか!」とピストで操縦者同士で嘆きあった碓井軍曹。やがて彼はもう一つ、異様な光景を目撃する。

春を迎えて

冬期の天候悪化とソロモン方面への戦力投入のために、昭和十八年十月から十一月のあいだに海軍の航空部隊はすべて北千島を離れていった。一時的に一個中隊だけが助っ人にきた六十三戦隊の一式戦も、ニューギニアへ去った。

ひとり残留した五十四戦隊は、暴風に吹き上げられる係留中の一式戦、戦隊長まで総出の滑走路の雪かきなど、だれもが未経験で常識外の環境に、よく耐え抜いた。

被害の大きさと航法援助施設の不足を痛感した米第11航空軍は、九月十二日の爆撃行のあと、半年近くのあいだ北千島空襲を手びかえた。代わって翌一九四四年(昭和十九年)の一月後半から、米海軍の爆撃飛行隊が装備するロッキードPV-1「ヴェンチュラ」哨戒爆撃機が、出動を開始する。

夜間に単機行動で数機が来襲するPV－1を、新設の陸海軍両方の警戒レーダーはよく察知した。だが、狭小で凍《い》てついた夜の滑走路に風雪が加わっては、五十四戦隊のベテラン操縦者も邀撃は不可能だった。北千島で初めての航空部隊による越冬が、空戦のないまま過ぎていく。

暦の春が近づいた昭和十九年の二月下旬、第11航空軍のB－24が北千島爆撃を再開。艦砲射撃をふくむ敵の陽動に、日本軍は北からの米軍侵攻の可能性を打ち消せず、三月以降、陸海軍とも北千島を主体に、千島列島に航空兵力を配置した。つまり前年の夏の状態にもどったわけで、戦力的にはより強化されていた。

戦闘機部隊は五十四戦隊の編制が二個中隊から三個中隊に変わり、海軍は零戦二個飛行隊を擁する二〇三空が、占守島・片岡と幌筵島・武蔵基地に進出した。二〇三空は前年の二八一空と違って積極的に交戦の機会を求めた。彼らが、そして五十四戦隊の一式戦も、意外に手こずった敵がPV－1である。

航法援助装置LORAN《ロラン》の助けを借りて夜間侵入を続けていたPV－1は、六月なかばから昼間作戦に転じた。B－25クラスの図体に二〇〇〇馬力双発だから、外部兵装なしでの最大速度は一式戦二型および零戦五二型を上まわる。そのうえ編隊を組まず自在にコースを変えるため、捕捉が容易でなかった。

飛行機ファン、とりわけ大戦機マニアなら、PV－1とB－25の区別がつかない人はいな

アッツ島の滑走路から第136爆撃飛行隊のPV－1「ヴェンチュラ」が離陸する。主翼下に落下タンクを付けているから、北千島へ飛ぶのかも知れない。

いだろう。

しかし空中で、それも瞬間の視認をもとに高速機動する戦闘時には、心理的な負担もともなって、ごく大ざっぱな外形の特徴しかつかめない場合が多く、両機を取り違える例がいくつも生じた。どちらも双発で双垂直尾翼だからだ。

技倆未熟、戦場に不なれ、といった単純な原因では片づけられない。かつてラバウルきっての撃墜王といわれた、二〇三空・戦闘第三〇三飛行隊の分隊士を務める西沢広義飛曹長も、六月十五日に会敵したPV－1を、うすい雲の中とはいえB－25と見誤っている。

実はB－25は航続力の関係で、西部アリューシャン周辺の哨戒任務にまわされ、年が明けてから五月に一回来襲しただけだった。したがって六月以降、北千島に現われる双発・双垂直尾翼の敵機はすべてPV－1なのだが、もちろん日本軍がそれを知るはずはない。

誤認の度合は、米側も似たようなものだ。B－24のクルーは邀撃してきた一式戦を零戦と見まちがえ、PV－1のクルーは零戦を二式戦闘機「鍾馗」と報告している。

島田中佐が昭和十九年四月に満州の第二十六教育飛行隊長として転出し、五月四日付で後任戦隊長に二十六戦隊の先任中隊長だった黒川直輔少佐が任命された。黒川少佐は島田中佐より一三期も若い（一期がほぼ一年の差）航空士官学校五十一期出身である。

積雪の北ノ台飛行場で一式戦二型の翼根上に座る新屋弘市少尉。充分な飛行キャリアを有していた。

戦隊長交替で、飛行歴が二番目に古かった新屋《しんや》弘市《ひろいち》少尉が、最古参操縦者にくり上がった。振りだしが昭和十年の所沢飛行学校入校だから、この時点でまる九年のキャリアがあった。二十四戦隊に所属してノモンハン事変に参加、ハルハ河周辺上空の戦いでソ連のI－15とI－16戦闘機を二機ずつ撃墜した実戦経験者で、航空士官学校出の少尉とは技倆に格段の差があった。

准尉から将校へ進むための少尉候補者二十三期生を十八年八月に明野飛行学校で終え、そのまま飛行学校付で残っていた十月初め、新屋少尉に五十四戦隊へ転属の辞令が出た。体当たり戦死した横崎中尉／少佐の欠員を埋めるためだ。

北古賀大尉の二中隊付だったが、十九年六月に大尉が明野へ転出したため、輿石大尉の三中隊付に変わった。航士の後輩に鉄拳も辞さない厳格タイプの輿石大尉はもとより、戦隊長も、新屋少尉の腕前に一目置いていた。

敵機はPV－1か？

昭和十九年七月二十四日の朝、敵機接近中のレーダー情報が北ノ台飛行場にもたらされた。編隊ではなく単機からの反射波が受信されたため、来襲機はPV－1の可能性が高かった。

ただちにスクランブルの警急機が発進にかかる。このときの機数は判然としないが、新屋さんは一個小隊（四機）、碓井さんは四～六機と記憶している。

上空で一個小隊がまとまったのは間違いない。長機は新屋少尉、その僚機に尾川《おがわ》芳治郎伍長がつき、やや離れて分隊長（僚編隊長）として三番機を江崎増雄曹長、四番機を碓井曹長（十八年十二月に進級）が操縦していた。

編隊のうち最も飛行歴が浅い尾川伍長は少年飛行兵の十一期生出身。前年の十月に五十四

平成４年（1992年）に尾川さんが描いた、誤射撃時の九六式陸上攻撃機の見えぐあい。遠方は阿頼度島

戦隊への配属命令を受け、北海道苫小牧の留守隊で戦技訓練をかさねたのち、四月に北ノ台に進出した。配置は新屋少尉の固有の僚機で、会敵してはいても、まだ敵をねらって撃った経験はなかった。

尾川さんの回想では、彼らよりも先に輿石大尉と福田軍曹が占守島東方へ飛んだそうで、碓井さんの「四〜六機」説に合致する。優速のＰＶ－１の行く手をさえぎる行動とみなしていいだろう。

四機の一式戦二型は北ノ台の南東、幌筵海峡を眼下に、一五〇〇〜二〇〇〇メートルの高度まで上昇した。このとき北ノ台の周辺上空は雲量八分の五。

北西方向へ尾川伍長が目をやると、双子山状の硫黄山頂付近に層雲の切れ間があり、そのはるか先に阿頼度《あらいと》島の山頂が望見できた。この島は全体が美しいコニーデ状火山なので、アラヤット富士の別名があった。

二中隊が大阪にいたとき、防空任務には必須の地上からの情報を、把握するために操縦者は無線電信の訓練を受けた。聞こえにくい傾向の電話はあてにならないからで、碓井曹長も送受信をひととおりこなせるまでに上達した。

その曹長の耳に、レーダー情報が電信で入ってきた。日本軍には味方識別装置はなく、スコープの映像だけでは友軍機の可能性がある。しかし、陸軍機でないことは自明であり、海軍側からも北千島飛来機の報告は来ていなかった。

新屋機の右後方を飛ぶ尾川伍長は、硫黄山の頂上あたりに機影を見た。雲の切れたところだ。対PV－1用に距離を置いて後ろにいた碓井曹長には、雲から黒い機がポコッと出てきたように感じられた。PV－1の来襲高度と同じ、一〇〇〇～一二〇〇メートルだった。

高度は一式戦がやや高い。距離五〇〇〇メートル。敵機は幌筵島北端部を南東方向に向かってくる。爆撃をかねた威力偵察なら、敵機をはばまないと柏原、片岡の施設か碇泊艦船がやられてしまう。

尾川芳治郎軍曹(進級後。右)と一式戦三型。フィリピン戦から帰ったのちに、苫小牧飛行場で20年3～4月に写す。入江忍軍曹、訪問の中学生とともに。

敵も一式戦を認めたからか、ゆるい降下にかかった。相手から見てわずかに左前上方に位置していた新屋機が、前側下方攻撃をもくろんで降下接敵。敵は垂直尾翼が二枚だ。そもそもアリューシャンからの敵機は、B－24をふくめ双垂直尾翼機ばかりである。

正面形に近い機影を見て、そのアスペクト比の大きな細長い主翼から新屋少尉はB－24と判断し、尾川伍長はレーダー情報の来襲状況、飛行高度と全体の形状からPV－1と認めた。

敵機よりもやや低くまで降下した少尉は、機首を起こして斜め前から浅い角度の下方攻撃で、短い連射を放つ。後続の尾川機は新屋機を撃たないよう、機首を少し左に振って攻撃。少尉が側方攻撃を避けたのは、旋回銃座の的にならないためだ。

敵機の下方を抜けた新屋機の、あざやかな上昇反転。ぴたりと後上方《こうじょうほう》に占位し、白い発射煙とともに第二撃を撃ちこむ。

長機の航跡をなぞるように上昇する尾川伍長は、敵翼に思いもよらないものを見た。いくらか暗めの日の丸である。

瞬間、伍長は「偽装行為だ！」と感じ、カッとなった。このころ戦隊の内外で、国籍マークを日の丸に塗り変えて単機侵入する米軍機がある、との噂が立っていたからだ。

そうだとすれば、第一撃をかけたとき、味方機を示すバンクを打たず、機首を左右に振って射弾回避の機動をとったのも理解できる。新屋少尉も同様の判断だったようだ。

長機から数秒後に尾川機が後上方攻撃に入る。敵高度は五〇〇〇メートル。エンジンをねらって発射ボタンを押すそのとき、双発機が爆発し黒煙が横へ噴出した。煙の下方を落下する右エンジン、片翼はちぎれて海峡上空を舞った。新屋機の第二撃による完全な撃墜である。

「**腹を切れ！**」

すさまじい光景を目《ま》のあたりにした尾川伍長は、感動を表現すべく風防を開いて接近、通常飛行時の二番機の位置についた。

新屋少尉も風防を開け、腕を突き出して拳《こぶし》を振る。そのポーズは、編隊を組みなおした碓井曹長にも分かった。尾川伍長が力こぶを作るポーズで少尉にこたえた。

北千島の空模様はたちまち移り変わる。北ノ台飛行場は海霧で覆われたため、後方についていた碓井機と江崎機は、占守島の片岡海軍基地の東南東に陸軍が新設した三好野《みよしの》飛行場に降り、燃料を補給ののち、天候の回復を待って幌筵島・北ノ台に帰った。

新屋機と尾川機が着陸したのは片岡基地である。

海峡を隔てた北ノ台と片岡は、天候不良時には互いに不時着陸しあう関係にあった。だから陸軍機が片岡に降りれば、海軍の基地員がやってきて世話をしてくれるはずだ。

しかし、二機の一式戦が行き脚《あし》を止めても、誰も近寄ってこない。降り立った尾川伍長は付近に置いてあった車輪止めを選び、四つの主車輪にかませた。

誰も出てこないのは、自分たちの撃墜をやっかんでいるからか――尾川伍長はこう考えながら、新屋少尉について意気高く指揮所へ歩く。その入口に艦内帽（陸軍でいう略帽）をかぶった飛行服姿の海軍士官が、棒か刀かを突き立て、仁王立ちで待っていた。

二人は直立不動で陸軍式のヒジを張った敬礼をし、海霧による不時着を新屋少尉が申告する。その言葉を、海軍士官の大声がさえぎった。

「きさまらは、いま何を落としたと思っとるか！」

さらに士官は怒鳴《どな》る。

「土下座しろ！」「きさまら、腹を切れ！」

シドニー生まれで英語が堪能《たんのう》なゆえか、予備士官なのに北東方面艦隊司令部の参謀を務める清水康男大尉は、片岡基地のはずれの崖に立って、かなたに現われた九六式陸上攻撃機を見つけた。

「あの飛行機だな」

千島に進出中の航空隊をたばねる第五十一航空戦隊司令部（北東方面艦隊／第十二航空艦隊司令長官の麾下《きか》）の所在地は北海道の美幌。傘下部隊の主力がいる占守島、幌筵島を、司令部所属の九六陸攻（ほぼ同型の九六式輸送機か？）がしばしば往き来した。この日も美幌から、五十一航戦の首席参謀らを乗せて飛来したのだ。

首席参謀とは板谷茂少佐。真珠湾への第一次攻撃で、「赤城」飛行隊長として空母六隻からの零戦を指揮した戦闘機乗りだ。人格、技倆ともに秀で、上下から信頼されていた。

陸攻を認めてすぐ、清水大尉は驚愕《きょうがく》した。一式戦がかかっていくではないか。ソロモンで鈍速の零式観測機に乗ってさんざん空戦を演じ、撃墜も果たした彼の目は、一瞬で状況を見抜いた。

あーっと思うまに陸攻がやられ、空中爆発。火を噴き片翼がもげて、その方向に傾いたまま海中に落ちるのを見とどけた。この被墜のようすは尾川伍長の記憶と一致する。
片岡基地で五十一航戦司令部の保有機を整備する、平澤道夫整備兵長は自分たちの九六陸攻が陸軍機に撃たれ、占守島方向へ落ちていくのを見た。すぐに整備員たちは、あとを追うように走り出した。

片岡基地から連絡を受けて、戦隊長の黒川少佐が小型の艇で到着したとき、新屋少尉と尾川伍長は指揮所の中で立っていた。海軍士官から「陸攻には参謀と交代要員が乗っていた」と聞かされた二人には、腑に落ちず反論したい点があったが、沈黙したままだった。

戦隊長・黒川直輔少佐（右）と三中隊長の輿石九大尉。19年6月、北ノ台飛行場で。

黒川少佐は二人をうながして、基地司令（?　正確な職名と官姓名は不明）の前へ歩き、片ひざをついた。部下の誤射を詫びると、携えた軍刀を両手でささげて言う。
「この軍刀に免じて、部下もらい受けを許されたい」

部下の責任を隊長が負うのは建て前では必然とはいえ、この状況下で容易にとれる態度ではない。すぐ後ろに立つ伍長は強い感銘を受けた。

戦隊長に咎《とが》めの言葉は出されず、彼は艇で、新屋少尉と尾川伍長は一式戦に搭乗して、それぞれ北ノ台飛行場に帰ってきた。

五十四戦隊に過失なし

この事件に関して、以後二人はなんらの責任も負わされず、北千島での邀撃戦を続行する。やがて十月、戦隊主力は北海道からフィリピンへ向かい、黒川戦隊長、江崎曹長ともに戦死。尾川伍長は激烈な空戦を戦い抜く。新屋少尉と碓井曹長は北千島で戦い続けて、ふたたびの越冬を乗りきった。

後日の話は置いて、誤射事件を見つめ直してみよう。

太平洋戦争中に味方撃ちがいくつも生じた。海軍の二式水戦による陸軍二式複座戦闘機「屠龍」の撃墜、陸軍の四式戦闘機「疾風」による海軍九三式中間練習機の撃墜、さらには零観による九六輸送機の撃墜という海軍機同士のものまである。

陸軍機と海軍機のあいだに生じた誤射の原因で、すぐに思いつくのは識別力の不足だ。「海軍機について、ちゃんとした識別教育は受けていない」と尾川さんは言う。昭和六十三年に亡くなった新屋さんには聞き忘れたが、おそらく同じだろう。大陸で飛び続けた彼には、海軍機の知識はほとんど必要がなかった。碓井さんは五十四戦隊に来てから訓練した覚え（大阪で？）だが、「距離があけば識別不能」だ。

それにも増して大きな要因になったのは、もちろん、飛来機について海軍側から情報が入らなかった点だ。これは致命的なミスである。海軍当事者たちにとっては慣れた地域での慣れた要務飛行なので、つい慎重さに欠け、九六陸攻などひと目で識別可能と、安易に考えてしまったのだろうか。

うつろいやすい天候、双発・双尾翼の敵機が単機行動でしばしば現われることを考えれば、陸軍側への通報は必須でなければならない。美幌からの電信だろうと、片岡からの電話だろうと、「九六陸攻一機、〇〇時に片岡基地に到着の予定」と北ノ台へ伝えてさえいれば、律儀な傾向の陸軍が誤って邀撃するなど、一〇〇パーセントあり得なかったと言っていい。

さきに触れた零観による九六輸送機の撃墜は昭和十七年一月、メナドへの落下傘降下作戦でのできごとだ。零観の搭乗員がふだん、陸攻の同型機を識別できないはずはない。天候が不良だったわけでもない。それでも誤射は起きた。敵機出現までの緊張、目視時の興奮、見敵必墜の責任に、空中での識別の難しさが加わったためである。

類似のアクシデントを防ぐため、蘭印方面（インドネシア）の各部隊に「友軍間ノ連絡打合セヲ充分ニ行フ」「事前充分ノ余裕ヲ以テ関係部隊ニコレヲ通報スルコト」といった通達がなされた。

すでに記したとおり、昭和十九年七月二十四日の幌筵海峡上空の諸条件の悪さは、このときの比ではない。

「長機から一五〇メートル近く離れていたため比較的落ちついて目視できたけれども、もし自分が新屋さんの立場だったら、やはり撃ったでしょう。敵襲の情報を受けているのだから、誰だろうと長機は同じ行動をとったと思います」

碓井さんの言葉に、筆者は逡巡《しゅんじゅん》の暇《いとま》なく同意する。攻撃行動をとった二人が、責任不問の処置だったのは当然だ。

蛇足だが、もし板谷参謀の便乗機が九六陸攻ではなく、B－25やPV－1なみの機材だったなら、ホ一〇三機関砲二門ばかりの短い連射で落ちはしなかったのではなかろうか。被弾だけにとどまって、特務の少尉の老練な操縦により、無事に降着できたに違いない。

そうすれば、果敢な邀撃の操縦者たちに、苦い思いを残さなかっただろうに。

重戦がめざす敵
——いかなる相手にも後ろを見せず

昭和十三年（一九三八年）七月に決まった陸軍の航空兵器研究方針で、重単座戦闘機に求められたのは、高速化と火力の強化（機関砲一門を装備）の二点だけ。これが十五年四月には、主として爆撃機の攻撃、軽単座戦闘機との協同戦闘に用い、火力および速度、上昇力を重視すると謳《うた》われ、目的と特徴が判然とした。

こうしたラインに沿って、十四年六月にキ四四（よんじゅうよん）として試作指示がなされ、十五年八月に試作一号機が完成、十七年二月に制式採用にいたったのが二式戦闘機、通称「鍾馗《しょうき》」である。

陸軍の重単戦すなわち重戦（重戦と軽戦の違いは機の重量ではなく、翼面荷重の大小による。数学的な区別はない）に該当する海軍機は局地戦闘機で、高い速度と上昇力を利しての爆撃機の撃墜が任務だった。十四試局戦の試作要求はキ四四の一〇ヵ月後、一号機完成は一年六ヵ月後、「雷電」の名がついてからの実戦参入は二年一〇ヵ月後と、次第に遅れが広がった。

二式戦と「雷電」に求められた飛行特性と、課せられた任務はほぼ同一と見なせる。このため、一式戦闘機「隼《はやぶさ》」と零式艦上戦闘機、二式複座戦闘機「屠龍《とりゅう》」と夜間戦闘機「月光」のように、陸軍と海軍の類似機材として扱われがちで、筆者も一五年前に両機の対B－29高高度邀撃《ようげき》を比較する短篇にまとめた経験がある。

だが、防空戦全体をながめたとき、二式戦は「雷電」と異なる闘いに従事していた。本土防空でただ一部隊、終始二式戦だけを用いた飛行第七十戦隊の、個人的空戦状況を追いつつ、その特徴を浮き上がらせてみたい。

新旧機材に類似点なし

「余に続け！」

三個中隊三六機の操縦者の受話器《レシーバー》に、古武士のごとき命令がひびく。先頭を飛ぶその声の主、剛胆・酒豪で聞こえた江山六夫《むつお》戦隊長の指揮のもと、飛行第七十戦隊は昭和十六年三月の編成このかた、二年あまりのあいだ満州において、旧式で固定脚の九七式戦闘機を使ってきた。

開戦から一年数ヵ月の昭和十八年の春に、もはや練習機でしかない九七戦を主装備機にしているのも、対ソ警戒だけで実戦の可能性がうすい、満州の部隊ならではの理由だ。ただ、機種改変が遅れたぶん、軽戦の極致とまで称されたこの機で、小回りを利かした単機格闘戦をみっちり演練できたのは、無駄ではなかった。数に劣る日本戦闘機は、米軍と同様の徹底した編隊空戦を維持できず、個人の技倆に頼らざるを得ないからだ。

飛行第七十戦隊が編成当初から使用した九七式戦闘機。昭和18年10月、杏樹から遼陽（鞍山の北東30キロ）に移動したとき。

七十戦隊がようやく機材の更新にかかったのは十八年五月。満州東部の杏樹《きょうじゅ》からベテラン五〜六名が三重県の明野陸軍飛行学校へおもむいて、二式二型戦闘機の未修訓練（慣熟飛行）に取りかかった。

九七戦から同じ軽戦の一式戦闘機への改変は、極論すれば主脚が固定式か引き込み式かの差だけだが、エンジンが強力で主翼が小さい二式戦は、飛行特性がまるきり違う。本来なら、九七戦との間にもう一機種はさんでもいいほど、大差があった。

七十戦隊は中隊に一機ずつ一式戦を配備していた。しかし曳航標的を引っ張るのが役目（九七戦では馬力不足のため）で、仮想敵にも用いたが、飛行訓練

昭和18年２月、積雪の杏樹飛行場に置かれた二式二型戦闘機甲「鍾馗」。主翼から出た12.7ミリ機関砲の砲身がカバーのため太く見える。主翼下の小型落下タンクは容量130リットル。

に常用するには機数がなかった。

明野での二式戦の未修は、二〜三日をかけての地上滑走訓練から始まった。操縦歴五年余、第三中隊付の小川誠准尉は、離陸時の操縦桿の重さ、着陸速度の大きさにまず驚かされた。着陸降下中の失速はきわめて危険。接地速度は九七戦が一〇〇キロ／時以下なのに対し、一五〇キロ／時。早いうえに機首が重いため、滑走中に下手にブレーキをかけると、つんのめって転覆する。

「いちばん手ごろなのは一式戦。操縦桿〔から手〕を離してもまっすぐ飛ぶほど安定性もいい。二式戦は特に好きにはなれないが、〔上空へ〕上がってしまえば大差はない。射撃時の安定《すわり》も良好だ」と小川准尉は判断した。

未修訓練は一ヵ月ほど。この間に、ドイツ空軍から導入した四機一個小隊が基本の、ロッテ戦法の習得に努めた。帰路の途中で、東京の立川航空廠で二式戦二型甲を受領して、杏樹にもどってきた。

以後、戦隊の操縦者が一回に三〜四機ずつ、内地から空輸した。隊内での呼称には、二式単戦（二式複戦に対応する慣用の呼び方）を縮めた「二単」、略号（試作名称）キ四四からの「よんよん」のほかに「二式戦」も使われた。機種改変の終了は十八年十月ごろである。

若年操縦者たちはまず一式戦で飛んで、九七戦とは逆操作の発動機操作槓桿《ガスレバー》（スロットルレバー。押すと出力増）や主脚の引き込みになれる。ついで、明野での未修メンバーから伝習教育を受けて、二式戦になじんでいった。四周が平坦で、二〇〇〇メートル滑走路二本に補助滑走路まで備えた杏樹は、この機の高速着陸に向いていた。

九七戦の単純頑丈な単列九気筒のハ一から、格段に複雑な複列一四気筒のハ一〇九エンジンに相手が変わった機関工手《こうしゅ》（動力担当の整備兵。機関係）、プロペラが二翅から三翅に増えて、胴体火器と同調させるカム調整の難度が増した武装工手（武装係）など、地上勤務者の伝習教育にも拍車がかけられた。

不穏な前兆

昭和十九年一月から二月にかけて、内《うち》南洋のマーシャル、トラック、マリアナ各諸島が米機動部隊の空襲を受けた。次は首都圏へ来攻かとの懸念により、少しでも防空戦力を高めるため、七十戦隊は第二航空軍（満州）に隷属《れいぞく》したまま臨時に引き抜かれて、二月二十五日から千葉県松戸飛行場に進出し、防衛総司令官の指揮下に入った。

松戸から鞍山へ帰還する途中で朝鮮・大邱に降りた第一中隊の二式戦二型丙。松戸での受領機なので、日の丸は内地防空任務を示す白帯の中だ。「70」を図案化した部隊マークは赤。

二式戦二型甲の胴体に装備した、八九式固定機関銃の七・七ミリ弾では、大型機どころか単発機に対しても効果を望みにくい。松戸での補充機は、これを一式一二・七ミリ機関砲ホ一〇三に換装し、射撃照準具も鏡筒式から光像式に換えた二型丙。翼砲と合わせて四門の一二・七ミリ砲により、やっとそこそこの破壊力が備わった。

拡張される以前で狭いうえ、芝地で使いにくい松戸飛行場で、対戦闘機用のほか対爆撃機、夜間訓練にも励んだが、敵はやってこなかった。かわりに本来守備すべき満州の、南部の鞍山《あんざん》にある昭和製鋼所が七月二十九日、成都からの米第20爆撃機兵団のボーイングB－29群に爆撃されたため、八月一日にまず四機、四日には主力の三〇機あまりが、おっ取り刀で製鋼所西方の鞍山飛行場へ移動した。

このとき戦隊長は、六月に江山中佐と交代した長縄勝巳《ながなわかつみ》少佐だった。空中戦力をまとめて運用する飛行隊編制が導入されていたが、多くの他部隊と同様、便宜上三個隊に区切って第一中隊〜第三中隊と称した。実質的には、戦隊長に次ぐ飛行隊長のポストが増えただけで、中隊編制当時と内容に大差はなかった。

広大な平坦地の鞍山で、七十戦隊は訓練を対爆戦闘にしぼり、同じ飛行場にいた独立飛行第八十一中隊の百式司令部偵察機を仮想敵に、接敵法を錬成。空中で小型爆弾が散開する親子式空対空爆弾・タ弾用の標的に、飛行場の端に原寸大のボーイングB-17四発重爆の平面図を描いて、距離感と投下のタイミングの勘を養った。

雲海上を二式戦二型甲が飛行中。雲の下には鞍山の街がある。

しかし巨大さゆえに〝超重爆〟と呼んだB-29の性能が分からず、大きさの概念もつかめない。主翼面積が小さな二式戦は、高度七〇〇〇メートルを超えると飛行性能がはっきり減退する。このため七十戦隊では編隊機動を高度六五〇〇メートルまででしかやっておらず、邀撃《ようげき》訓練は自分たちに最適の五〇〇〇メートル前後の空域を使い、前上方からの攻撃が主体を占めた。

戦隊長の出動時には、各隊から一機ずつを出して、四機の本部小隊を形成するのが、七十戦隊のルールだった。主力が鞍山に来た八月四日の午後、本部小隊を含む一七機が地形慣熟を兼ねての哨戒飛行中に、偵察に飛来したB-29単機と出くわした。高度八〇〇〇メートルの敵を、長縄少佐ら四機は縦列になって追いかけたが、まったく距離を詰められず西南西方向へ取り逃がした。

「B-29も爆撃に来るときは編隊を組まねばならず、機体重量も偵察時より重いから、高度、速度とも低下するに違いない。製鋼所の上空付近で待機し、タ弾で編隊を乱したのちに各個攻撃を加えれば、成算を得られよう」

少佐のこの判断は、原則的な対爆戦闘としては正しいけれども、超重爆の高性能に対抗するには甘かった。

不なれな高空、恐るべし

七十戦隊の初の手合わせは、九月八日の午後、支那派遣軍からの「B-29約一〇〇機、南満方面へ進行中」の情報を受けて、敵が鞍山まで一時間の空域に達したとき、戦隊長以下の全力出動に移った。

「大集団の敵は高度五〇〇〇〜六〇〇〇メートルで来るだろう。一人が一機を落としてやるぞ」と操縦者は意気ごんで離陸した。六〇〇〇メートルと八〇〇〇メートルに一個中隊ずつを配置するのが、戦隊長の考えだった。しかし、層雲があって視界は芳《かんば》しくなく、敵機の位置や高度についての適宜の情報が、飛行団司令部から送られてこなかったため、空中での対応は遅れがちになった。

「それ来たっ」と出動した第三中隊の平塚憲一軍曹にとって、この種の邀撃は初めてなので、高度七〇〇〇メートルまで上昇するのがやっとのありさま。二式戦の持ち前の俊敏さは封じられ、高度八〇〇〇〜九〇〇〇メートルで入ってくるB‐29に近づきようがなかった。まさしく敵は、ニックネームどおり「超・空の要塞《スーパーフォートレス》」であったのだ。

ふだんは第一中隊に所属の大滝清軍曹は、戦隊長僚機として離陸したけれども分離し、攻撃時には単機だった。初陣《ういじん》ゆえの恐怖心とともに、敵四機編隊めがけ、真っ赤な曳光弾流の中を撃ちながら突進した。体当たりをかけるつもりで途中から目をつぶったが、衝突はせず、一〜二発被弾しただけで下方へ抜けて帰還できた。

戦隊でトップクラスの腕の持ち主、小川准尉。三中隊の一個小隊で、最前方の梯団《ていだん》（数個編隊に対する日本側呼称）に前側上方《ぜんそくじょうほう》（ななめ前上方）から迫った。敵より高く上がれたのは、准尉の飛行技術と、リードして上昇を続けたおかげである。

堂々たる四発機を「攻撃してもいいのか」という気持ちがよぎったが、三〇〇メートルと判断した距離から射撃開始。だが曳光弾は手前でそれてしまった。B‐17よりも全幅で一一・五メートル、全長で七・五メートルも大きなB‐29に目測を誤り、射距離が遠くなりすぎたのだ。逆に、直進性に優れた敵の射弾が、激しく飛来した。下手に近づけば、返り討ち

二式戦にもたれる三中隊付の吉田好雄中尉。優れた操縦感覚と判断力を発揮した。

に遭いかねない。第一梯団を見逃したのち、小川小隊がふたたび高度を稼いで態勢を立て直したとき、最後の梯団がすぎゆくところだった。

有効弾を放って相当な煙を吐かせ、一機撃破を報告したのは、三中隊付の吉田好雄中尉だ。このB－29は、遼東湾に面した満支国境の山海関の近くに落ちた機が該当する、との判定が上級司令部でなされた。七十戦隊にとって初の撃墜戦果である。

吉田中尉の殊勲は、まぐれの産物ではない。この日、同じ鞍山飛行場から二式戦で発進した独立飛行第二十五中隊の隊長・池田忠雄大尉は、七十戦隊に在隊時の中尉当時、十七年十月に着任した吉田少尉（当時）の戦技教育を受け持った。航空士官学校で二期後輩、乙種学生（実用機の訓練）を終えたばかりの新人・吉田少尉の、操縦と射撃の技倆に「これは上手《うま》い」と舌を巻いた。機上での判断や着目にも秀で、加えて性格円満で運もいい。自身、闘志と冷静さを併《あわ》せ持った池田中尉が、かつて手放しでほめた操縦者の、そのとおりの活躍だったのだ。

関東軍が発表した合計戦果は確実撃墜三機、撃破六機。対する損失は四機で、うち一機が七十戦隊機である。二中隊の奥村英男軍曹は、鞍山を航過した敵機を南西へ追ったまま帰ってこなかった。

第20爆撃機兵団は出撃一〇八機中、九〇機が主目標の昭和製鋼所をねらって、高度八〇〇〇メートル前後から投弾。戦闘での損失は、中国に不時着の二機と行方不明一機で、日本側の数字と一致した。

初交戦ののち、三〇キロ・タ弾の実弾（瞬発信管付き〇・七キロの小型爆弾三〇発を内蔵）が搬入され、翼下に付けて投下訓練をやってみた。しかし、ただでさえ命中のタイミングをとらえるのが困難なのに、B－29の速度が分からなくては成功はおぼつかなかった。また高空への上昇にも努め、こちらは少しずつ成果が現われ始めた。

二杯目の苦汁

九月二十六日の来襲では、前回よりも事前の情報が的確にもたらされた。こんどこそは、と強い決意の長縄戦隊長は「ひとたび会敵したら徹底して食い下がり、撃墜するまで離れるな」と操縦者に訓示した。

タ弾を一発付け、やや遅れて離陸した平塚軍曹が、編隊を組もうと近づいたのは単機飛行中の戦隊長だった。雲がたくさん散らばり、その上を層雲がおおって、視界を妨げる。その雲の中から、いきなりB－29が単縦陣で続々と姿を現わした。

高度は二式戦が上である。長縄少佐が降下接敵し、同航からたくみに反転して前上方攻撃で一連射を加えた。レバー全開、全速随伴する軍曹にとって、長機と敵機の両方を見ながらタ弾投下のタイミングをねらうのが、容易なはずはない。

「うまく落とさなくては」と気があせる。対進（向き合う）で先頭機をめざし、タ弾を切り離した。上方をすり抜け、左へ離脱。射撃はしなかった。

敵編隊はすぐ雲中にまぎれて見えなくなり、二機はそのまま鞍山飛行場に帰還した。少佐は降りてきた平塚軍曹を見て、本部小隊の操縦者ではなかったので「なんだ、お前か。お前のタ弾、開かなかったぞ」と残念そうに知らせた。造作に不具合があって、小型爆弾を包む外殻の固縛が解けなかったのだ。

戦隊長僚機を務めるはずの大滝軍曹は、編隊を組むにいたらず、単機でB－29に対抗した。上昇、捕捉とも八日の戦いよりも落ち着いて行動でき、操縦席に照準を合わせて前側上方攻撃を試みた。射弾が外れても、どこかに当たる可能性が大きいからだ。ただし相対速度が八〇〇～九〇〇キロ／時なので、射撃は一瞬だけ。二撃をかけ、相手が編隊から離れかけるのを視認した。

小川准尉機には二発のタ弾が取り付けてあった。同航してB－29の前上方に出て投下すれ

鞍山製鋼所を空襲後、インド・カルカッタ近郊の中継飛行場へ向かう第468爆撃航空群のB－29。僚機の機首窓から見る。

ば、速度差がないから命中させうる確率は、対進時よりもずっと高いが、敵銃座からも狙われやすく危険すぎる。定石どおり前方から迫り、一発ずつ二度攻撃したが、投下後はただちに離脱するため効果確認はできなかった。

いくぶん高空の闘いになじんだとはいえ、視界不良が災いし、かつ成算困難なタ弾攻撃に重点を置いたのが裏目に出て、確実撃墜を報じた者はいなかった。事実、第20爆撃機兵団では、製鋼所へレーダー爆撃を加えた七三機を含めて、出撃一〇九機の全機が帰還している。

鞍山邀撃戦がふるわなかった主因は、戦力の過半を抽出された二航軍の弱体と、B－29の高性能に充分に対応しうる戦闘機がない、という歴然とした二点である。しかし、不振の責任は個人に向けられた。

満州の首都・新京（現在の長春）のホテルに呼ばれた長縄少佐は、二航軍参謀長から「新型戦闘機開発の指導のため、満州飛行機へ出向」を伝えられた。体のいい更迭《こうてつ》、左遷だが、それも意義あることと納得し、任務を全力で果たすべく奉天（現在の瀋陽）へ向かった。少佐は戦隊長にはごく稀《まれ》な少尉候補者（兵からの現役将校コース）の出身だ。もし彼が、陸軍将校本流の士官候補出身だったなら、こうした詰め腹的な処遇を受けることはなかったのではあるまいか。後任戦隊長には、飛行隊長だった坂戸篤行《あつゆき》大尉が十月十二日付で任じられた。

空と海への特攻要員

十一月一日から関東地方の空に、マリアナ諸島に進出した第21爆撃機兵団のF－13（B－29偵察機型）が姿を見せた。本格的な爆撃作戦がまもなく始まるのは歴然だった。

満州よりはるかに重要度が高い関東、とりわけ首都圏の防空のため、七十戦隊の再度の移動が十一月七日に発令され、戦隊長・坂戸大尉の指揮で二式戦三五機（ほかに二機が故障で不時着）が翌八日、千葉県柏飛行場へ移動し、第十飛行師団司令部の指揮下に入った（のち隷下編入）。柏は以前に使った松戸飛行場よりも広く、一五〇〇メートルの滑走路はアスファルトで舗装され、使い勝手がよかった。

柏での訓練は、鞍山以来の高高度への上昇、対爆撃機銃撃およびタ弾投下のほかに、戦闘機（艦上機）に対する編隊機動が加えられた。この時点では、十飛師の各部隊のうち、B－29の編隊との交戦経験を有するのは七十戦隊だけなので、その戦訓が師団司令部で開陳《かいちん》され検討がなされた。

当時たけなわのフィリピン決戦へ続々と送りこまれ、防空戦隊への導入も進み始めた四式戦闘機そのものへの羨望《せんぼう》は、特に強くはなかったが、七十戦隊が欲したのは超重爆に痛打を与えうる火力だった。一二・七ミリ砲ホ一〇三が四門の二式戦二型丙でも、実用戦闘機のうちで一式戦につぐ弱武装なのだ。同じ飛行場にいた飛行第十八戦隊残置隊（主力はフィリピンへ進出中）の、三式一型戦闘機丙に装備のドイツ製二〇ミリ・マウザー砲（マウザーMG151／20）のすばらしさを、武装係はうらやんだ。

柏飛行場で二式戦二型の点検と整備が進む。右遠方は甲。左手前の丙の12.7ミリ機関砲には防塵キャップをかぶせてある。

せめてもの対策として、四本の弾道が集中する一点調整を、取り付け角度の微調整により二〇〇メートルから三〇〇メートルに変更した。B－29の巨体が操縦者の距離感を誤らせ、遠目から射撃し始める傾向が分かったからだ。

柏に来てから配備されたのは、翼内砲を四〇ミリのホ三〇一にした二型乙である。重さが二〇ミリの五倍もある弾丸は、無薬莢のいわば超小型ロケット弾。炸裂威力は大きいけれども、初速が三〇〇メートル／秒（航空本部資料。二四〇メートル／秒ともいう。一二・七ミリ弾は七八〇メート

三中隊から対艦特攻隊員に選ばれた向島幸一軍曹。二式戦に搭乗。

ル／秒）でしかなく、直進性がひどく劣るため、七十戦隊では一〇〇メートル一点調整（一〇〇メートル先で弾道が交差する）で対応した。装弾数も九発にすぎない。受領した二型乙は七機ほど。ホ三〇一はホ一〇三に換装可能だったので、常にどちらかが装備されていた。

ホ三〇一を付けた乗機の整備を、小川准尉が眺めていたときだった。機内の整備兵が引き鉄《がね》に触れたらしく、装弾状態にあった弾丸が発射された。直進弾道は続かず、弧を描いて一中隊の準備線（飛行機の横列）のあたりへ落ちた。距離もたいしたことはない。「こりゃ遠くから撃ったらだめだな。弾数も少ないから、絶対に接近しないと」。准尉はこの考えどおりの攻撃を、やがて夜空で実行する。

武装の変化の面で、まったく異なる方向への事態が生じた。七十戦隊が柏に着く前日の十一月七日に、師団長命令で十飛師の各部隊が編成にかかった体当たり隊である。高空性能の不足ゆえ、侵入したF－13を撃墜できなかった対策が、軽量化機での特攻戦法だった。

七十戦隊にもすぐに下命がなされ、一中隊から大滝清軍曹、二中隊から塚田栂《つがし》四郎《ろう》軍曹、三中隊から小松幸夫軍曹、石上梅治軍曹の四名が選ばれた。彼らの乗機からは機関砲または機関銃と防弾鋼板が降ろされ、全弾装備時より機体重量が二〇〇キロ近く減じた。

そのぶん上昇性能は向上し、塚田軍曹のテスト飛行時の最高高度は計器表示で一万二〇〇〇メートルに達した。しかし、ただ浮かんでいるにすぎず、ちょっとバランスを崩すとたちまち二〇〇〜三〇〇メートルすべり落ちてしまい、それを取りもどすのに二〇分もかかるのだった。B－29よりも高位に滞空ののち降下突進するのは、軍曹には不可能に思われた。

この空対空特攻隊とは別に、十飛師の各部隊で対艦船特攻の要員が、十一月末〜十二月初めに選出された。七十戦隊からは島袋《しまぶくろ》秀敏曹長、松原武曹長、向島《むこうじま》幸一軍曹の三名で、通常の空戦をこなせる腕がありながらの志願だった。

彼らはすぐに転出していき、その後に一度、柏の古巣に訣別《けつべつ》のあいさつに来た。攻撃対象は違っても同じ特攻隊員で、必死必中をめざす塚田軍曹には話しやすかったのだろう、一人が「原隊（七十戦隊）復帰の手だてはないものか」と問いかけた。〝爆弾の一部〟から戦闘機乗りにもどりたい、当然の心境から出た言葉だった。

また大滝軍曹は、少年飛行兵で二期先輩の向島軍曹から「死を急ぐな」と書かれた手紙を受け取った。「体当たりをあせらず、生き延びて戦え」という意味で、特攻戦法への疑問が込められているようにも受け取れる。戦隊長僚機の必要性からか、大滝軍曹だけは十一月下旬には空対空特攻隊から一般隊員にもどされたが、のちの空戦で手紙の言葉に生命を救われる。

先のことだが、対艦船特攻の三名は第十九振武隊員として、二十年四月二十九日に鹿児島県知覧飛行場にいた。その夜、かつて七十戦隊に所属した北村圭介少尉が、地区司令部連絡将校として知覧の飛行場大隊にいて、偶然に三角兵舎で彼らに出会った。三名とも悟りを開いたような落ち着いた表情だった。

午後十一時に発進開始。夜空を沖縄へ向かう十九振武隊の一式戦の翼端灯を、北村少尉は地上で見送り、無線室の通信将校に三名の突入の電信を確認してもらったという。

しかし、彼らは生きていた。このあたりの事情は不明だが、五月四日の早朝にそろって知覧を飛び立ち、帰らなかった。

内地でも高空に苦闘

満州・鞍山から関東への飛行第七十戦隊の呼びもどしは、まさしくタイムリーと言えよう。千葉県柏飛行場に移動して半月、新しい環境になじんだころの十九年十一月二十四日、サイパン島のB-29が首都圏に初空襲をかけてきたのだから。

七十戦隊の編成に変化があったのは、柏に来たころのようだ。「中隊」の呼称を「隊」に変え、転出操縦者が多く人材不足がめだつ旧一中隊に旧三中隊員を補充して、第一隊をまとめた。旧二中隊はほぼそのまま第二隊に移行し、最も充実していた旧三中隊は〝間引き〟により平均的陣容の第三隊へと変わった。第一～第三隊を、隊員のなかには第一～第三飛行隊

上：新陣容の第一隊。前列左から刑部喜多雄曹長、隊長・河野涓水大尉、松村安治軍曹、石上梅治軍曹。後列左から斉藤貞雄曹長、佐藤常夫曹長、長船泰文軍曹、宮沢定雄軍曹、小川誠准尉。20年２月10日、柏飛行場で写す。下：20年はじめの第三隊。前列右端・平原三郎伍長。後列左から小林茂少尉、隊長・渡部忠良大尉、石田勝蔵曹長、平塚憲一曹長、難波甲子軍曹。次席の吉田好雄大尉は不在だが、この写真を撮影したのかも知れない。

と呼ぶ者もいた。

第一隊長は飛行隊長兼務の河野涓水《きよみ》大尉（旧三中隊長）、第二隊長が本多寛嗣大尉（旧二中隊長）、第三隊長が渡部忠良大尉である。

編成制度に基づく中隊編制とは異なって、飛行隊編制における三個隊分割は、戦隊内での便宜上の区分だから、どちらかと言えば認識が浅くなる。戦後の回想中で、所属の隊の番号に矛盾が見受けられるが、三個中隊の期間が長く、その印象が強く残ったことが一要因と思われる。なお、各中隊に付属の整備班が、整備隊として一体化したのも柏移駐時といわれる。

関東（東北も）の防空を担当する十飛師は、日変わりで隷下の二個部隊ずつを、哨戒飛行および率先出動用の当直戦隊に割り当てていた。この二十四日、小笠原諸島からのB－29北上情報が入るや、当直の七十戦隊はまっ先に出動に移った。

だが、結果は芳《かんば》しからざる内容だった。すでに満州の空で七十戦隊が痛感した、高高度飛行の難しさと、待機空域の把握不足、B－29の高性能、それに六〇メートル／秒で吹きすさぶ卓越偏西風《ジェットストリーム》が、高度一万～一万一〇〇〇メートルに占位し初撃必墜をめざす、日本戦闘機をはばんだ。

高翼面荷重の二式戦闘機は、高空での飛行がいちだんと難しい。鞍山のときと同様に薄い空気への対応をこなせておらず、機首を西に向けた状態での姿勢保持がやっとのこと。方向を変えればたちまち流されてしまうありさまで、七十戦隊は戦果をあげられなかった。

19～20年の冬、冠雪の富士山を航過し東進する第498爆撃航空群のB－29梯団が、首都圏の軍事目標への空襲をめざす。

機関砲と防弾鋼板を取り外した特攻機も、体当たりは不成功。塚田軍曹は「だめだ。とても難しい」と、古巣の二中隊で同僚だった須藤近喜《ちかよし》軍曹に本音をもらした。

このときの目標である東京都下の中島飛行機・武蔵製作所へ、第21爆撃機兵団は十二月にも三日と二十七日に爆撃をかけてきた。七十戦隊の首都圏昼間防空戦における初戦果がもたらされたのは、そのどちらかの日である。

鞍山に来襲したB－29は、目標上空では高度九〇〇〇メートルを飛んでいても、投弾後に離脱速度を高めるため緩降下にかかり、六〇〇〇～七〇〇〇メートルまで高度を下げた。進級後まもない第三隊の平塚曹長はこの経験から、敵が九十九里浜を抜ける手前を襲おうと、八〇〇〇メートルで待機していた。

予想は当たり、単機のB－29が高度七〇〇〇メートルほどで向かってくるのが見えた。一対一の闘いだ。降下しつつ旋回、敵の後下方に食いついた平塚曹長が、機首上げ姿勢で一二・七ミリ機関砲四門を斉射すると、左翼内側エンジン部から火を噴いた。しかし敵はいまだ高速で、第二撃のための捕捉が困難だ。

洋上に出て、なおも追いかけていると、海軍の零戦一機が追撃に加わった。やや左傾し、黒煙を引いているのに超重爆の速度は衰えず、距離を詰められない。零戦はあきらめて右へ旋回し、帰っていった。後ろを振り向くと、陸地ははるか彼方の水平線上だ。深追いは禁物の鉄則に従って、平塚機は機首を返した。

手負いの敵機はサイパン島までは飛びきれまい、との判断から、不確実撃墜の判定がなされた。

震天隊長の銃撃戦果

そもそも無理な相談の初撃必墜を、完遂させられなかった第十飛行師団長・吉田喜八郎少将（正確には師団長心得《こころえ》。師団長は中将が任じられる親補職）は、すぐさま取りうる戦力強化策として、東京初空襲の翌日の十一月二十五日、空対空特攻機を各部隊四機から八機へ倍増するよう下命した。

だが、特攻隊の八機編成を隷下の全戦隊が実行したわけではなく、七十戦隊も四機のままだった。十二月五日には十飛師の特攻隊の総称が震天《しんてん》隊と定められ、七十戦隊のそれは第四震天隊と命名された。

どの震天隊の操縦者も将校と下士官で構成されたのに、七十戦隊は下士官だけだった。翌二十年の一月下旬に入って、航空士官候補生出身の小林茂少尉が隊長に任命された。希望をたずねられはせず、戦隊長・坂戸少佐（十二月に進級）の指名を受けた。

乙種学生として実戦用機を訓練した常陸《ひたち》教導飛行師団では、着陸速度が大きく沈みも速い二式戦に、小林少尉も皆と同じく殺人機のイメージを持っていた。しかし一式戦から乗り換えてみると、操縦桿の操作に機敏に反応する。横転は速《すみ》やかだし、高難度の緩横転も赤とんぼでやるよりずっと楽。乗りなれてくると、反応が早いぶん修正も利くから、かえってミスによる事故を防げた。

格闘戦では九七戦、一式戦にかなわないが、二式戦の特質は小林少尉の感性にぴたりと合った。ちょうど戦隊が鞍山から移ってくるときに柏に着任し、二式戦をしっかり手の内に入れようと第三隊で訓練に励んでいるさなか、震天隊長を言いわたされたのだ。

火器と鋼板を降ろせとの少佐の言葉に、少尉は「なぜ、そういうことをさせるのですか」と言い返す。弾丸《たま》を撃ちつくしたのちに体当たりするとか、高高度へ上がるため武装を軽減するのなら理解できるが、砲も付けずいきなりぶつかれ、では納得しがたい旨を述べ立てた。

「小林、分かるが、師団長の命令なんだ」

少佐が人格者と知る少尉は、それ以上の抗弁をやめて「分かりました」と特攻任務を受け容れた。

茨城県内の松林に落ちて破壊し燃えた第497爆撃航空群に所属するB－29の尾部。

震天隊操縦者としての特別な待遇はなく、専用の待機所《ピスト》を第一隊のわきに、別に設けた点だけが異なっていた。小林少尉は体当たり攻撃を受け容《い》れはしたが、内心で一度だけ機関砲で戦いたいと念じ、武装は降ろさなかった。その機会が訪れたのは一月二十七日である。

震天隊は途中までは四機編隊で上昇したが、高度五〇〇〇～六〇〇〇メートルで各機の性能差が表われて、バラバラの行動に変わった。機関砲に全弾装備のままの小林機は、千葉県船橋の上空、高度九〇〇〇メートルで、西から来る十数機のB－29編隊と会敵した。

敵の高度はやや低い。その最後尾機に逆落《さかお》としの直上方攻撃をかけると、左翼の付け根に収束弾が入り、黒煙が噴き出た。側方をすり抜け、降下の勢いを生かして追撃する小林機。速度がみるみる落ちて編隊から後落《こうらく》した手負いのB－29を、追い抜いて旋回するや、前上方から第二撃を加える。

茨城県の鹿島灘寄りを北上する手負い機から、落下傘が三つ、四つと流れ出た。まもなく大きく傾いて横向きで地表に落ち、炎と黒煙が湧き上がる。「ユリカゴ、ユリカゴ、こちらミツリン、クジラ一機撃墜」と喜びの声を無線電話で伝えた。ユリカゴは戦隊本部、ミツリンは小林機の呼び出し符牒《ふちょう》、クジラはB－29を意味する。

「機関砲で一機落としたんだから、思い残すことはない」

小林少尉は納得し、次回の攻撃では体当たりと決意した。

一撃で二機を屠《ほふ》る

二月十日、群馬県の中島・太田製作所をねらったB－29は、いつもの富士山から東進するコースとは違って、鹿島灘方面から侵入し西進した。

坂戸戦隊長が率いる主力は、柏の南東の四街道《よつかいどう》上空、高度八〇〇〇メートルで待機中に、北の空域にB－29群の来攻を認めて、左旋回で接敵に移った。

第三中隊員から第一隊に変わった長船《おさふね》泰文軍曹は、心せくまま単機で敵の先頭一二機編隊の前方に出て、突進を開始。敵は一〇〇〇メートル以上の距離から射撃し始め、曳光弾が奔《ほん》流《りゅう》のように長船機を包んだ。二式戦はさらに突っこんで機関砲を放ち、緩降下でB－29の腹の下をこするように飛びすぎる。

右へ舵を切り、振り向いた長船軍曹の目に、各機の尾部からの弾流がとびこんだ。すぐさま機をすべらせ、旋回に入れて、後続の第二編隊の前方に出た。ねらう機を決めて射撃する直前、乗機の右翼中央部に火柱が立った。バランスを失った二式戦は、キリモミに陥《おちい》って落ちていく。

「かんたんに死んでたまるか！」

諸種の操作が功を奏して、高度四〇〇〇メートルで操舵可能に回復。カウリングの左側に裂け目が見え、燃料臭があったので、火災を案じてスイッチを切った。失速しやすい二式戦での滑空を恐れないのは、部隊歴三年余のキャリアゆえだろう。

眼下に海軍の霞ヶ浦航空基地を見つけた。脚を出した抵抗で機がぐっと沈んだが、やや傾斜姿勢ながらも着陸できた。軍曹が操縦席から降りてながめると、機体は被弾の穴だらけ、プロペラにも命中していた。右翼に生じた火柱は、残弾に敵弾が当たり誘爆したからで、下面に前後六〇センチ、左右三〇センチほどの穴があき、黒焦げの弾帯が垂れ下がっていた。また、右翼の各種点検孔のふたは、弾丸炸裂の圧力ですべて噴きとんでしまった。よくも帰れたものである。

同じく第一隊に移っていた小川准尉は別動で、柏から上昇しつつ南西へ直線飛行。富士山上空でちょうど高度一万メートルに達したところで、敵機群の侵入コースを無線電話で知らされた。

七十戦隊の九九式飛《とび》三号無線機の性能は、満州・第二航空軍の隷下部隊の通信技能競技で最高位を占めた。十飛師でも注目されたレベルの高さは、軍用無線機製造の東洋通信機社の出身で通信班長の東海林松雄《しょうじ》中尉が、改善に心血を注いだ成果と言えた。

旋回にかかると、ジェット気流に押し流されるように東へ向かい、旋回し終えたら市川～船橋あたりの上空に来ていた。北の空を西進中のB－29大編隊が見える。小川機も西へ飛んだが、相手のほうが速いほどでなかなか追いつけない。

敵目標の太田まで来て、最後尾から二つ目の編隊をやっと捕捉した。直上方に近いほどの深い角度の後上方攻撃を加え、編隊内を突き抜ける。機首を起こしたのち、一撃目と同じ敵機に下方から迫った。

胴体の前後二つの爆弾倉扉が開いているのを見て、准尉はハッとした。投弾させてはならない。いちばんの急所であるパイロットを倒すべく、機首をねらって一斉射。離脱の瞬間、身体に激しい衝撃を感じ「やられた！」と思った。しかし、どこにも痛みはない。降下から機を立て直して見上げると、B－29が二機、旋回しながら落ちていく。自身が撃墜した認識をもたない小川准尉は、戦果を「一機撃破」とだけ送話した。

ほかの七十戦隊機が、この壮絶な状況を目撃していた。敵一機に爆発が生じ、となりの機にぶつかって、二機とも落ちたと判明した。明らかに、小川機の射弾が爆弾を炸裂させ、致命傷を与えたのだ。准尉が受けたショックは、爆風のエネルギーによるものだった。

爆撃目標の三～四キロ東方で、第505爆撃航空群の二機が衝突し、一機は尾部を、もう一機は機首を失って墜落したことを、米側も記録している。ほかに第一錬成飛行隊の四式戦闘機

「疾風」の体当たりにより、B－29二機の衝突墜落の戦果が報じられた。こちらもほぼ同じ空域と言える館林上空であり、僚機が視認しての報告なので、一挙に二機を落としたのがどちらなのか確定し難い。

ともあれ高高度飛行にも苦しいなりに順応して、七十戦隊の邀撃戦はこのあたりから軌道に乗ってきた観があった。

グラマンと真っ向勝負

本土防空戦に大きな変化がもたらされたのは、二月十六日の早朝である。硫黄島の攻略にかかった米軍は、日本軍の航空支援を断つために、関東の空に艦上機の大群を送りこんだ。

敵機の来襲を知った十飛師司令部は、単発戦部隊の全力出動を下命。柏飛行場では、拡声器から「空中勤務者はただちにピストへ集合せよ」と命令が伝えられ、操縦者たちは跳ね起きた。やがて隊ごとにまとまって発進し始める。

第二隊の一二機が会敵したのは、房総半島付け根の八街《やちまた》～横芝の上空。曇天の雲の切れ目から、下方を飛行中の敵編隊を見つけて第一撃を加えた。引き上げて、二撃、三撃をかけるうちに味方は分散し、グラマンＦ６Ｆ－５に追われて被弾する機が出た。また、エンジン不調のため出直した三浦一夫伍長機が被弾炎上し、伍長は手ひどい火傷を負いながらも落下傘降下で地上にもどった。

第二隊からの二度目の出動は七～八機。八街飛行場を攻撃するF6Fに、佐藤常夫曹長以下の四機が前上方から攻撃をかけた。劣位の敵は上昇力を利かし、低位から立ちなおって逆に攻勢に転じた。佐藤曹長は撃墜されて戦死。乗機の胴体に大穴を開けられ、油圧系統をやられたが、須藤軍曹は柏まで機をもたせ、手動で脚を出して着陸できた。

これから3日後の2月16日に米海軍機として関東に初侵入し、七十戦隊機と戦った可能性がある第45戦闘飛行隊のF6F-5「ヘルキャット」。軽空母「サン・ジャシント」から発艦待機中。

彼らの相手は時刻と空域から、初めのは空母「ハンコック」からの第80戦闘飛行隊所属機と考えられ、二度目については第80、「レキシントン」からの第9、「サン・ジャシント」からの第45戦闘飛行隊のいずれだったか判定しかねる。

坂戸少佐は本部小隊を連れて、六機ほどのF6F（第80戦闘飛行隊の別動機と推定）と空戦に入った。まもなく上空にいた新たな敵が参入し、小隊は分離した。鹿島灘沖へ敵を追う坂戸機に、僚機の大滝軍曹が追随したが、後方に食いついた四機に食われないために、雲中に突っこむしかなかった。

数機のF6Fに追いこまれ、被弾した坂戸機から、燃料、滑油が流れ出る。落下傘降下しても海に呑まれるだけ。そこで、墜落に見せかけて降下したところ、撃墜と判断した敵機は引き上げていった。一難を逃れた少佐は手近の海軍基地（おそらく神ノ池《こうのいけ》航空隊）へ向かい、脚が出ないので胴体着陸で滑りこんだ。

曇天で、雲が低い。霞ヶ浦から内陸まわりで成田付近の空域に出た第一隊の一二機に、地上から「成田上空イワシ一〇機帰還中」の情報が送られてきた。イワシは小型機の符牒《ふちょう》だ。確かに下方に一〇機ばかりのF6F「ヘルキャット」が見えた。

「しめた」と攻撃を開始、水平面での戦闘に移っていったが、次第に敵が増えて、ついには星のマークの機ばかりになってしまった。実は八〇～九〇機ものグラマンが、雲に隠れるように飛んでいたのだ。多勢に無勢、小川准尉も一機に食い下がられ、反転すると追いかけてきた。

距離が二〇〇メートルあるから大丈夫と思っていたら、ぐいぐい縮められる。斉射を受け、操縦席の前の胴体タンクに当たり発火したが、急降下の風圧で消火できた。敵機も離れたので柏飛行場に帰ると、下で旗を振っている。片脚が入ったままと分かり、強く翼を振って出たところをロックする。尾輪は出せず、火花を発して漏洩燃料に引火しないよう、滑走路でなく草地に降着した。

他機はよその飛行場に降り、たいてい被弾していたが、撃墜されなかったのは幸いだった。

小川准尉は「旋回性能と上昇力は二単が上だが、加速はＦ６Ｆがまさる。高度を下げたら勝てない」との戦訓を得た。

出動から帰った平塚曹長は、ピストで食事をとるひまもなく「第三隊は全力で成田上空の敵を駆逐せよ」との命令を受けた。隊ですぐ使えるのは、先任将校・吉田大尉（十二月に進級）、平塚曹長、石田勝蔵曹長の三機しかない。「どうします？」「命令だからな。行こう」で、タバコを一服するとすぐ出撃にかかった。

高度一五〇〇〜二〇〇〇メートルに張りつめた雲のすぐ下を、成田へ向かう。前方、同高度にＦ６Ｆが約三〇機、日本機を誘うように飛びまわっていた。雲があるので高位からの襲撃はできない。長機の吉田大尉は敢然と同位戦を挑むべく突進し、敵機の後方に食いついた。すると、乱舞するグラマン群からの一機が吉田機の後ろに取り付き、その敵を二番機の石田曹長が追う。続いてまた敵機、その後ろに平塚機がつながり、敵と味方が交互の縦列を作って、左へ急旋回する機動に入った。奇妙に感じられようが、実戦でときおり出現する形なのだ。

眼前のＦ６Ｆを撃とうとし、一瞬振り返った平塚曹長は、すぐ後方に迫る敵機を見た。反射的に左旋回に入れ、螺旋《スパイラル》降下で振り切ってから急上昇、快晴の雲上に出た。

しばらく待っても、味方も敵も上がってこない。雲上飛行で見つけた直径二〇〇メートルほどの雲の穴のふちを旋回して覗《のぞ》くと、雲下に多くのＦ６Ｆが飛び巡っている。後上方攻撃に絶好の位置に二機がやってきた。左後上方からカーブを描いて八〇メートルまで近づき、長機に斉射を放つ。集束弾が左翼の付け根に吸いこまれたと見るまに、激しく黒煙を噴出し、墜落していった。

たちまち他機からの曳光弾に包まれたが、急降下ののち再び雲上へ離脱した。柏に帰還し、準備線に機を止めると、整備兵が「やられたあ！」と大声を上げて走ってくる。平塚機の操縦席後方から尾翼までの胴体部に、敵弾による直径一〇センチの大穴が七ヵ所も開いていたのだ。命拾いとは、これを言うのだろう。

空母「レキシントン」搭載の第9戦闘飛行隊の、第二波一六機を率いたフィリップ・H・トリー少佐機が、平塚曹長の獲物だったのではないか。二番機の眼前で、単機の二式戦に襲われ被弾し、上昇しかけたが操縦不能で落ちていった。印旛沼あたりの空域で二式戦二機を含む一五機撃墜（うち二機不確実）を記録して、意気揚揚《ようよう》の帰艦途上だったが、トリー少佐の死が凱歌《がいか》を湿らせた。

吉田大尉、石田曹長とも、平塚機に続いて急降下で逃げ切って、柏に先着していた。

河野大尉は帰らなかった

続く来襲は必至と見た十飛師は、今後の防空能力を維持する観点から、戦力充実の飛行第四十七戦隊と二百四十四戦隊を邀撃から外した。残る単発戦部隊で最有力は七十戦隊だが、十六日の数次の交戦によるダメージは軽くなかった。

予想どおり敵艦上機群は、十七日も早朝から再侵入した。七十戦隊・第二隊の出動可能は、隊長・本多大尉以下の三機にすぎなかった。カーチスSB2C艦上爆撃機を見つけて攻撃中、高位からF6F四機（空母「ワスプ」搭載の第81戦闘飛行隊機か）の急襲を受け、須藤軍曹機は主翼に一七発が命中した。

頼りは二式戦の横運動の機敏さだ。軍曹は機を横転からひねりこむと、東京湾上で引き離し、木更津から折り返して帰還。本多大尉らも帰ってきたが、第一隊はそうは行かなかった。

第一隊の刑部軍曹。二式戦は宮沢軍曹機で、撃墜マークは２月17日のF6F撃墜を示す。

河野大尉が指揮する第一隊の三個編隊が、東京湾に出て前方かなたに見つけたのは、南下中の数十機の敵集団。こちらがかなり低い。高度差をなくすため上昇にかかって、あと二〇〇〜三〇〇メートルまで差を詰めたところで、右前上方からグラマンの攻撃を受けた。ねらわれた機を救おうと、敵機捕捉をはかった刑部喜多雄《おさかべきたお》曹長機は、逆に追いこまれて二一発を被弾。主翼は穴だらけ、エンジン気筒も射抜かれたが、八街飛行場への不時着陸に成功した。

僚機の石上軍曹とともに射弾を回避した長船軍曹が、前方のSB2Cを攻撃中に、側方に失速気味に飛びすぎる二式戦を見た。「誰かがやられたな。煙は出ていないから、負傷したのか」と案じたが、羽田飛行場を襲う艦爆とグラマンを認めて突進を開始。

せり上がってくるF6Fに機関砲を放つ。だが一発出ただけで故障してしまった。長船機の後方すぐの四〇メートルまで敵機が迫る。左翼に被弾した。踏み棒《フットバー》を踏みこんで機を右へすべらせてかわしたが、敵は追尾をやめない。上昇回避を続けるうちにようやく振り切って、振動が増す乗機をなんとか柏に着陸させた。

石上軍曹機ももどってきて、未帰還は河野大尉だけだった。長船軍曹が見た、手負いのごとく緩《ゆる》く飛ぶ二式戦が、隊長機だったのか。

横須賀上空で交戦後、河野大尉は名入りの手袋を投げ落とし、市街地を避けるように降下、海中に突入した。河野機の奮戦と最期《さいご》を地上から望見した漁師たちは、勇敢な操縦者の遺体の一片なりとも拾い上げねばと、すぐに船を出して網を投じ、一部を収容した。それは戦隊に届けられ、荼毘《だび》に付されて遺骨が納められた。豪快で朗《ほが》らか、部下に慕われた傑物指揮官だった。

前日ほどではないにしろ、広範囲で多数の空戦が展開されたのと、機種の誤認を想定すれば、大尉の相手の特定は難しい。空域や報告戦果の機種などから、第81戦闘飛行隊のF6Fが該当するのではなかろうか。

戦隊本部付の大滝軍曹は、戦ってみて「F6Fは旋回性能がいい。こちらが先に発見して突っこめば制しやすいが、同位戦が続くと対応しきれない。低位からでもぐんぐん上昇してくるから、油断は禁物」と感じた。妥当な見解だろう。

激突戦死への躊躇《ちゅうちょ》なし

飛行第七十戦隊の空対空体当たり戦力、第四震天隊。その隊長を命じられた小林少尉は二十年一月二十七日、機関砲でB-29を落としたことで、激突戦法の実行を決意した。この闘いは戦死が前提だった。

以後、彼の演練の主体は、高空への上昇と体当たり接敵へと変わった。火器と鋼板を外す二〇〇キロ近くの減量により、飛行中の重量感が消えて操舵が軽い。接敵パターンは前方各方向と直上方で、速度差がなく被弾しやすい後方からは試行されなかった。

二月十九日の午後、戦隊は千葉県柏飛行場から全力出動にかかった。震天隊四機は南西の富士山へ向けて高度を取り、上昇性能にバラつきが出る五〇〇〇メートルで、小林少尉が主翼を振るのを合図に、単機行動に移った。体当たりに編隊機動は必要ない。

目標の中島・武蔵製作所を敵が目視認定できない（目標を市街地に変更）ほど、雲量が多い日だった。高度九〇〇〇メートルに達した小林少尉の目に、陽光にきらめく雲上を接近してくるB－29の編隊が映った。「こちらミツリン、八王子上空、クジラ捕捉」と戦隊本部へ無線電話で連絡する。

第二梯団を待ち受け、翼をひるがえして垂直降下に入る二式戦。B－29に致命傷を与えるため、主翼の付け根にぶつけるつもりだった。銀色の巨体がみるみる迫る。恐くはない。機首が浮かないよう操縦桿を押して抑え、直前に本能から反射的に顔を左腕でカバーした。けれども直上方からの高速パワーダイブで、大きからぬ目標に激突するのが容易なはずがない。小林機は敵機の至近を抜けてしまった。

降下の余勢を駆っていったん交戦空域から離脱し、再攻撃の態勢を整えるのが得策とも言えようが、体当たりが念願の少尉はすぐさま機首を起こし、上昇反転から突進に移るべく、敵編隊の左前上方を上昇する。

おびただしい敵弾が小林機に集中し、命中音が聞こえたとき、彼の胸に焼け火箸《ひばし》を刺されたような激痛が走った。座席後方からの一弾が脊椎《せきつい》の左側に当たり、心臓をかすめるように左肺を貫いた。そのまま肋骨二本を折って、左脇下に出た弾丸《だま》は、さらに上膊部《じょうはくぶ》を貫通し体外へ。防弾鋼板がないために受けた重傷だが、もしもムク弾の徹甲弾でなく榴弾《りゅうだん》（炸裂弾）だったなら、即死を免《まぬが》れなかったに違いない。

高空の気圧の低さゆえ、出血がひどい。薄らぐ意識のなか、母堂の面影に励まされて下方を見ると、偶然に雲の切れ目の向こうに柏飛行場があった。出力《ガス》レバーを引いてエンジンの回転数をしぼり、まっしぐらに降下。うまく着陸姿勢に入ったが、油圧系統に被弾していてフラップは一〇度ほども開かず、主脚も途中までしか出なかった。

視力はまだあった。「失神する前に降りなければ」と主翼を振り、滑走路をふさがないように草地への着陸にかかる。機首を上げ尾部をこすりつけて、高速の行き脚《あし》を落とし、前にのめるかたちで胴体を滑りこませた。このとき計器板に顔をぶつけた（強打に直結する射撃照準具が外されていたのが幸いした）が、機の停止は分かり、直後に意識を失った。

皆が始動車で駆けつける。操縦席をのぞいた者が「小林少尉はやられてないじゃないか」と話す声で蘇生した。冬装の飛行服が厚手なので、大量の出血が分からないのだ。医務室で服を割くと血まみれで、応急手当ののちに柏の陸軍病院へ急送された。

隊内で「まぼろしの帰還」と呼ばれたほどの、驚異的な着陸成功。冷

震天隊の小林少尉は体当たりがかなわず被弾。重傷を負いながら帰還に成功した。

静さを持続した強靭《きょうじん》な意志力の持ち主は、四ヵ月後ふたたび空中勤務に復帰する。

小林隊長の負傷後、第四震天隊の体当たり戦法は実施されず、さらにB−29の爆撃法の変化によって同隊は実質的解消にいたる。

照空灯の功罪

三月に入ってから、柏飛行場の通信司令室に置かれた無線機に、米軍の宣伝放送であるボイス・オブ・アメリカの同じ文句がくり返し入るのを、通信係将校の東海林中尉は聴取した。陸軍記念日の三月十日に大損害を与える、という内容の予告である。ジェット気流に妨げられつつ高高度から軍事目標をねらう、昼間精密爆撃の効果不足から、B−29部隊の〝総元締め〟第20航空軍司令部は一転、夜間に低空から市街地へ焼夷弾をバラまく無差別空襲に切り換えた。その初日が三月十日だった。

九日の夜は月が出た晴天だが、風が強いため電波警戒機乙《レーダー》のアンテナが揺れて、東京上空に侵入するB−29の先導機を捕捉できなかった。十飛師司令部から夜間戦力出動が下命されたのは、翌十日に移って、江東地区への空襲が始まってからだ。

原則的に単座戦闘機は夜には飛ばない海軍とは違って、陸軍戦闘機では夜間空戦ができて初めて一人前の技倆甲と見なされる。失速が早く来る二式戦の夜間飛行は当然、難度がいっそう高い。

他の防空部隊と同様、七十戦隊にとって不なれな最初の夜間邀撃だった。東進してくる超重爆を江戸川上空で待ち受けた、技倆最右翼、第一隊の小川准尉は、意外な苦難を味わわされる。

高度が二〇〇〇メートル前後と低いため、地平線を見分けにくい。照空灯が垂直に近い角度で敵を照射しているときは、機動時にその光芒《こうぼう》を目安に機の姿勢を保持できるが、照射角度が小さくなると頼りにならない。反転、急旋回のあと、ななめに走る光に惑わされ、上下の感覚が狂って星が下方に見えたりした。戦闘後にこの錯覚を話すと、「自分にはありませんでした」と答える者もいて、個人差があるのを知った。

予想外の状況にひるまず、小川准尉は攻撃をかけ続けて撃破を記録。しかし市街が焼けて、たなびいてきた黒煙が照空灯の光をはばみ始め、B-29をつかまえ難くなった。

第三隊の石田曹長も、小川准尉と同じ感覚に陥った。敵機捕捉中の照空灯がいきなり消えると、自機の姿勢を判定しかね、知らぬまに背面飛行に移っていたり、高度五〇メートルまで降下してしまったり。

巨大な煉炭が燃えているのかと見間違う地表は、炎の渦が巻く。その中の江戸川区小松川に石田曹長の生家があった。

「地獄だ！」

憤《いきどお》った曹長は、二機に突進し痛打を与えた。うち一機は燃料を帯状に曳きつつ、銚子沖へ降下していった。

下町を焼きつくす大火災は、北東へ三〇キロの柏飛行場からも望見できた。火勢がさらなる強風を生み、焼けた紙片や灰が運ばれて飛行場に振り注いだ。空襲ののち、黎明《れいめい》の哨戒飛行に上がり、被爆地域の空を飛んだ戦隊本部付の大滝軍曹は、眼下一面、黒々と広がる焼け野原に愕然《がくぜん》とした。

夜空に巨鯨を追う

満州・鞍山で七十戦隊初の撃墜を果たした、いまは第一隊長の吉田大尉も、三月十日未明に一機を撃墜。四月十三日から十四日にかけての東京・赤羽兵器廠への夜間空襲と、十五日から十六日にかけての京浜地区市街地空襲で、一機ずつを葬った。

この四月十五〜十六日の夜間邀撃戦では夜空になれてきたことから、戦隊長・坂戸少佐以下ベテラン、中堅の後継者がよく戦って、撃墜破の戦果報告があいついだ。

午後十時すぎに拡声器からの出撃命令が響いて、灯火管制下の飛行場を離陸した第一隊三〜四機のうち、長船軍曹は東京南部上空に進出。すでに各所で火災が発生し、高度二〇〇〇〜三〇〇〇メートルのB‐29をねらう高射機関砲の曳光弾が見えた。

左前方に照空灯の光芒が走り、超重爆のシルエットが浮かび出た。長船機は上昇しつつ左旋回、前側上方から後下方へ抜け、旋回して占位ののち、照射を受けた敵をねらいやすい後

第一隊長・吉田大尉の二式戦二型丙。胴体の橙色の撃墜マークは3～5月の夜間戦果で、ほかに満州での1機がある。尾部の部隊マークは赤。

下方攻撃にかかる。左翼付け根へ向けて、一二・七ミリ機関砲四門を斉射し、左翼内側エンジンのあたりから白煙と小さな炎が出るのを確認した。敵の尾部銃座から曳光弾が飛んできたが、当たりはしない。

いったん降下して再上昇。火が消え、ゆるく左旋回を始めた同一機の、同じ部分にまた後下方攻撃をかけ、全弾を放った。より大きな火炎がエンジンから噴き出した。このとき右側と上方から他部隊の機が同じ敵に撃ちかかり、あわや味方同士の空中衝突かと思うほどのきわどいニアミスで飛び去った。「こちらフナドリ（長船機の符牒）、クジラ一機撃破」を送話する。

燃料残量は充分だが、弾丸がない。飛行場に帰って補給しようと、後続の敵状を通信司令室にたずねると、「後続目標なし」の返事だ。それなら と長船軍曹は、最期を見届けるべくB－29のあとを追い始めた。五〜六分後、空中爆発。暗闇に取り残された軍曹が旋回していると、地上が輝いて広域を真昼のように浮き上がらせ、まもなく元の漆黒にもどった。彼は「クジラ撃墜」と戦果を送話しなおした。

第21爆撃機兵団の三個爆撃航空団が、この京浜夜間空襲で失ったB－29は一三機。多量の残燃料が業火と化した、長船機の獲物が、そのうちの一機だったのは間違いない。

高度三〇〇〇メートル。炎上中の横浜の夜空で、照空灯に捕らえられた敵に後下方から迫る小川准尉機。「サメガワ（小川機の符牒）、ただいまより攻撃」と無線で伝えて撃とうしたら、流れダマを受けたのか、急に油圧が下がってエンジン停止、プロペラは空転した。落下傘降下しようにも、地上は火の海だ。

フラップを使って高度の低下を遅らせつつ、海岸線に沿って東へ飛ぶ。高度五〇〇～三〇〇メートルで機外脱出のつもりでいたら、前方遠くに赤青の灯火がかすかに見えた。柏の手前の「松戸飛行場か？」と思ったときには、もう高度の余裕がなかった。

チャンスは一度だけ。高度の判定、地形の判別が不能な夜間の不時着は助からない、といわれるが、やるしかない。しかも追風のマイナス条件。脚を入れたまま飛行場に進入し、接地して胴体が地面をこする。離陸する飛行第五十三戦隊の二式複座戦闘機と、すぐかたわらですれ違った。

自身の腕前と、幸運のおかげで、准尉は生きて地上に降りられた。松戸飛行場の南側は崖《がけ》で、もう五〇センチ低く入ったら引っかかり、悲惨な事故を起こしただろう。

四〇ミリを撃ってみた

ある夜、出動が迫る。潤滑油の一斗（一八リットル）缶二つを下げて駆けてきた斉藤増美二等兵が給油を終えると、機付長・籾山《もみやま》揆市軍曹がエンジンを始動する。すぐに翼上に立ったのはこの機の操縦者、第三隊の平塚曹長だ。

操縦席に入った曹長を、まばゆい排気が照らし出す。飛行帽からのぞく日の丸の鉢巻は決意の印。満天の星空を鋭い双眼でにらむや、躊躇《ちゅうちょ》せず発進にかかる。ふだんの優しさとは一変した表情の勇姿を、斉藤二等兵は敬意をこめて見送った。

機付の面々が装備班の無線機の前で、今か今かと受信を待つうちに、平塚機の報告が雑音まじりに入ってきた。

「コ……シロタエ、こちらシロ…エ」

機付の面々は固唾《かたず》をのむ。

「ク…ラ一機撃墜」

皆の顔に喜色がみなぎる。「やった！　曹長殿がやったぞ！」。帰還を迎える準備がすぐに始まった。

平塚曹長が二度にわたり出撃したこの夜の、乗機の武装は一式一二・七ミリ機関砲ホ一〇三だが、それ以前の二月なかばの艦上機との交戦後、平塚機の翼砲を四〇ミリのホ三〇一に取り換えたことがあった。

平塚曹長は換装を知らされないまま、三度目に艦上機が来襲した二月二十五日の朝、やや遅れて単機で発進し、東京湾上空でＳＢ２Ｃ「ヘルダイバー」艦爆の編隊を見つけた。その上にいる護衛のＦ６Ｆ二機をまず叩こうと、後方から突っかかる。気づいて離脱機動に移る敵を照準具に捕らえ、操縦桿の発射ボタンを押した。

小気味いい連続音がひびくと思いきや、反動とともにドンドンドンとのんびりした発射音。しかもカーブを描いて飛んでいく弾丸を目視できる事態に、曹長は驚かされた。運よくＦ６Ｆが逃げ去ってくれたからよかったが、火器の変更を操縦者に伝え忘れたのは、武装係のまったくのミスである。皮肉にも彼が四〇ミリ砲をＢ‐29に使う機会がないうちに、元の一二・七ミリ砲にもどされた。

日付は不詳だが、小川准尉が四〇ミリ砲による夜戦に成功した。初速も発射速度も遅い、一門につきたった九発の弾丸（すべて榴弾）は、Ｂ‐29にごく接近しなければ当たらないと分かっていた。近づいても敵の銃塔にやられずにすむ攻撃法の、ひらめきと実践である。

光芒内の超重爆より一〇〇〇メートル高い高度から急降下し、速度をつけて急上昇。胴体前部の下面銃塔の死角になる真下から迫り、五〇メートルの距離で四〇ミリ弾を二発放った。機首下面に直径一・五メートルほどの大穴が開いたのを認め、体当たり寸前で離脱する。機速が死んでいないから舵が利き、こんな芸当ができるのだ。

ホ三〇一の欠点の一つは、機の姿勢によっては不発を招きやすい点だ。四月十三～十四日の夜、長船軍曹が四〇ミリ砲の二型乙で出撃し、後下方からB－29をねらったが、第一撃も二撃目も弾丸が出ない。三撃目の占位のため緩降下に入れたとき試射したら、順調に全弾が出てしまった。ホ三〇一自体は簡単な構造だが、無薬莢の弾丸とともに、Gの影響を受けやすかったのかも知れない。どちらか一門だけの故障もちょくちょくあって、片砲射撃だと、反動で機首がその方向へいくらか振れたという。

二式戦二型乙の左翼から出た40ミリ砲ホ三〇一の砲身。カバーで包まれているため一段と太く見える。

なお夜間無差別空襲のB－29は、焼夷弾搭載量を増やし、かつ味方撃ちを避けるため、尾部銃座以外の火器を外していたから、四〇ミリ砲攻撃時の小川准尉の警戒はおおむね杞憂《きゆう》だったと言える。その後、落下傘降下し捕虜になった乗組員の「武装は皆無」との誤った証言が、七十戦隊にももたらされた。大滝軍曹が五月二十五～二十六日の夜に後方から接敵したさい、不意打ちを受けて激しく被弾し、かろうじて柏にもどった例がある。

基地の空は敵の空

四月七日に硫黄島からノースアメリカンP－51Dが、B－29に随伴して東京上空に現われた。この高威力戦闘機と戦う参考にするため、中国大陸で捕獲したP－51Cを、航空審査部・飛行実験部戦闘隊の黒江保彦少佐が柏飛行場に持ちこんだ。

七十戦隊で模擬空戦の手合わせをしたのは、坂戸戦隊長と大滝軍曹の二人。まだ大丈夫と思える距離があいていたのに、加速力に優れたP－51がみるみる迫り、たちまち大滝軍曹の二式戦の後ろに食いついた。昼夜の邀撃で腕を磨いた軍曹が、歯が立たない性能の相手だった。

実戦でB－29への攻撃をP－51に阻まれた平塚曹長も「やつらは高度八〇〇〇メートルでもビュンビュン飛びまわる。こっちがもたついているとビューッと来る」と、強敵を超えた難敵であるのを実感した。

P－51「マスタング」が単独で来襲した五月二十五日の昼すぎ、出動命令が出たが、P－51群侵入の情報はなかった。第一隊、第三隊、第二隊の順で柏飛行場を離陸し、場周旋回しながら編隊を整えていく。第三隊が第二旋回に入り、第二隊が高度百数十メートルで第一旋回を終えたころだ。

第二隊の須藤軍曹の前を飛んでいた機が、突然に敵弾を受けた。軍曹が顔を上げると、頭上にP－51の機影があった。須藤機と僚機は左旋回を打って避退し、利根川沿いに東進して霞ヶ浦まで逃れた。低高度で低速飛行中だと、対抗しようがないからだ。

第一隊も後方から襲われた。小隊長・永野貞彦少尉の僚機の刑部曹長は、背後のP－51を見るや射撃と翼振りで長機に知らせ、反転した。だが、すでに敵に照準を合わせられていた永野機は、直後に被弾。火を吐いて水田に墜落し、火傷《やけど》を負ったが生還できた。

5月25日に七十戦隊機を襲った第78戦闘飛行隊のP－51D「マスタング」。翼下に75ガロン(284リットル)の落下タンク2個を付けて硫黄島で待機中。遠方に激戦地・擂鉢山が見える。

隊から遅れてしんがりで離陸した小川准尉は、落ちていく永野機を見た。上空に敵機を認めて、試射したら故障で撃てない。射撃不能は初めての体験だ。手動の回復操作をしているうちに、他の機は東京上空へ行ってしまい、あいにく無線も故障して集合空域を訊《き》けなかった。

機関砲はうまく直り、低空を東京湾まで飛んで、帰ろうとしたとき背後から曳光弾が来た。後方にP－51が二機ついている。反射的に高度を上げつつ旋回し、逆に後ろを取って、立て続けに二機とも撃墜した。小川准尉にとって楽な戦闘だったのは、彼我の操縦能力の開きが大きかったからだろ

老練・小川准尉が乗機二型丙のかたわらに立つ。黒い機体番号「2」の後ろに描かれた撃墜マークは濃い灰色。

う。七十戦隊のP－51に対する、まれな撃墜戦果が記録された。

五月二十五日に柏飛行場を襲ったP－51は第78戦闘飛行隊の所属機で、飛行隊長のジェイムズ・B・タップ少佐とフィリップ・J・メイハー中尉が、それぞれ二式戦《トージョー》一機の撃墜を報告している。また出撃一〇〇機ちょうどのうち、三機を喪失した。

長機と二機で飛行中のロバート・W・ウィリアムズ中尉機は、反転して前上方攻撃を加えてきた「零戦」の射弾を浴びて撃墜された。重傷の中尉は捕らえられ、その後に戦傷死にいたる。交戦空域と戦闘状況から見て、撃墜者が小川准尉、「零戦」は二式戦なのはほぼ確実だろう。

敗戦五日前の八月十日、B－29がP－51をともなって来襲した。エンジン不調で飛行場にもどり、代機で再出動した長船曹長（進級）は、通信司令室に敵情をたずねる。

「こちらフナドリ、イワシ（小型機）いずこに？」「イワシすでに脱去」

交信を傍受した坂戸戦隊長から「戦隊は帝都西方上空、ハシゴ六〇（高度六〇〇〇メートル）」が伝えられ、曹長は合流のため旋回して西へ機首を向けた。そのとき、飛行隊長と第二隊長を兼務する本多大尉から「発動機不調、ネグラ（飛行場）に帰る」と入ってきた。

本多機の送話は感度が高く、近くにいると判断した長船曹長が周囲を見ると、左下方五〇〇～六〇〇メートルに二式戦一機が降下しつつあった。本多機に違いない。その機影を目で追ったとき、長船機は第15戦闘航空群のP－51二機に撃たれ、胴体タンクから発火した。風圧にあらがって、曹長はなんとか機外へ脱出できた。

落下傘降下中を、頭上のP－51に撃たれる可能性は少なくない。しかし敵機は彼にではなく、動きが緩慢な本多機にかかっていった。二式戦はかわそうとするが、エンジン不調では逃げ切れない。火炎を発し、柏東方の我孫子《あびこ》あたりの森に墜落。明朗磊落《らいらく》な指揮官、本多大尉の最期だった。

もとは学生、いまは操縦者

昭和十九年後半以降の陸軍飛行部隊で、将校操縦者の多くを占めたのは、中学以上を卒業の兵から選抜される甲種幹部候補生（甲幹）の航空転科者と、大学および高等専門学校卒業の志願者から選抜される特別操縦見習士官（特操）出身者である。前者は九期生、後者は一期生が主力だった。ともに高学歴なので「学鷲」の言葉があてはまる。

旧式実用機を教育飛行隊で学んだ三〇名近い学鷲が十九年八月、鞍山の七十戦隊に着任した。九七戦の基本操縦まで習った彼らを、二式戦に乗せるのは無理なので、北満の第四錬成《れんせい》飛行隊で九七戦の戦技教育、一式戦の基本教育を受けさせた。

高度な反射神経を要する戦闘機の操縦訓練は、年齢が若いほど有利だ。少年飛行兵は言うに及ばず、航空士官候補生と比べても、部隊着任の時点で二～五歳年長の彼らは、初めからハンディがあった。とりわけ二式戦のような機敏な機材への慣熟は大変だが、七十戦隊の学鷲教育がややスローテンポだった感は否めない。

体格も運動神経も上々なのに、戦車兵の幹候試験時にかつての胸の疾患で発熱し、下士官コースの乙幹《おつかん》へまわされた宮沢力《つとむ》候補生。飛行機は好きではないが「オモチャみたいな戦車で殺《や》られるよりは。将校への道も開ける」と特操に応募し、合格した。

柏では第三隊に配属され、補習班に入って九七戦および一式戦の戦技訓練を受けて、二十年一月末に二式戦に移る。緊迫感を抱きつつ地上滑走を四日間実施ののち、二月五日に離着陸訓練。操縦困難な重戦、訓練中の殉職者多数と聞かされてきて、怖《こわ》さはあったが「このためにやってきたんだ」との気概がまさり、脚出しのままで六度の離着陸をやり終えた。

次の訓練は七日。脚出し離着陸三回をすませた宮沢少尉は、初めての脚入れ飛行にかかる。出発線（発進位置）へ移動時に、不整地を通って機が傾きプロペラを破損。代機に乗り換えて、一回目の脚出入操作と場周飛行は成功したが、エンジンにやや不調が感じられた。

続いての二回目、動力不調のまま脚操作を終えて場周飛行に移り、第四旋回へ向かう途中でエンジンが停止し、高度がどんどん下がり出した。出力レバーを動かし、燃料ポンプを突いたが柄が折れてしまい、万事休す。前方右手、雑木林の中に見えた小さな畑地へ「どうせ死ぬのなら」と不時着を試みたときには、もう失速状態だった。

左翼が杉をなぎ倒し、機首はちぎれとんで、胴体は三つに折れた。だが奇跡的にも宮沢少尉は、顔を畑地の軟土にめりこませて生きていた。しかも外傷はわずかだ。打撲による激しい腰痛を克服し、四〇日後に一式戦の慣熟飛行を開始。その二日後の三月二十一日には二式戦の操縦者に復帰した。

以後、演練を重ねた宮沢少尉の、ただ一度の作戦出動は八月十五日の午前。会敵する前に潤滑油もれで松戸飛行場に降り、その後に柏に帰ったら詔勅の放送が始まるところだった。彼は特操一期では年長者だが、二式戦の未修飛行は早かった。あの事故がなかったら、晩春までに邀撃に加われていただろう。

甲幹九期の山口好古《こうこ》見習士官もとくに航空に関心はなく、「戦死は当然だ。どうせ死ぬならパッと散りたい」との意識で、歩兵から航空への転科を希望した。

七十戦隊では第二隊に所属。二式戦は山口少尉の感性に比較的に合っていたけれども、高速の着陸は難物だった。早めに三点姿勢に入れると転倒しやすいからと、接地直前に尾輪を落とすようにした。

負傷につながる事故には遭《あ》わずに補習班で訓練を進めて、前述のP－51柏急襲の五月二十五日に初出動。第一旋回時に、特操出身の少尉が乗る僚機（須藤軍曹の前にいた機）が落と

第二隊の山口好古少尉と、青い部隊マークを描いた乗機の二型丙1920号機。向こうに黄色のマークの第三隊機が見える。

され、実戦に直面した。また、六月十日に昼間来襲したB－29の邀撃に上がり、ベテランの河西節《かさいせつ》佳《よし》曹長らと編隊を組んだが、会敵しなかった。

六月ごろ、撃墜されたP－51のパイロットが飛行場の近くに落下傘降下し、七十戦隊員に捕らえられて営倉に入れられた。味方機を落とし、地上を掃射して戦友を死傷させる敵への憎しみで、五〜六名の兵のうち、思わず手を出す者が出たところへ、週番士官の山口少尉が通りかかった。

若い米兵は傷つき、白マフラーが赤く染まっていた。少尉はすぐに殴打を止めさせ、「捕虜を人間扱いしなきゃいかん」と説いて、ケガの応急手当を命じた。お互い同じ操縦者という意識も手伝ったのだろうが、国際法に恥じない山口少尉の指示は高く評価されよう。戦隊では食事もふつうに提供し、三日ほどして東京から来た憲兵隊に引きわたした。

二式戦の比較対象

二式戦の生産は十九年度のうちに終了したため、機材を消耗しても新機の入手はかなわない。四式戦に機種改変した飛行第四十七戦隊の旧装備機、明野教導飛行師団（明野飛行学校を実戦用に改編）の余剰機、埼玉県坂戸、山口県小月などの飛行場の残置機を、二十年に入ってから七十戦隊員が取りに出向いた。

七十戦隊があげた戦果は、東部軍司令官名の七月九日付の感状に、各機種合計一六四機撃墜破と記されている。文中に「性能武装共ニ十分ナラザル飛行機ヲ以テ戦闘威力ヲ発揚」とあり、これが上層部の二式戦に対する敗戦まぎわの評価だった。

第三隊長・渡部忠良大尉（左）と井手大尉。後ろの四式戦闘機「疾風」への改変は着手が遅すぎたため未遂。

動力飛行がたった五〜六分しかできないロケット戦闘機「秋水」の、装備部隊になる予定があったが、四式戦闘機「疾風《はやて》」を導入する準備も進められた。吉田大尉、特進した小川少尉、大滝軍曹の三名が七月中旬、東京・福生の航空審査部へ行き、四式戦の未修飛行を実施。

小川少尉は「安定しているが、舵が重い。一撃離脱向きで、対戦闘機はやりにくい」と判定した。それとは大きく異なる「二式戦より馬力が強くて翼面荷重が低いから、旋回性がいい。操縦はずっと楽」が大滝軍曹の実感だった。

まず一機が柏飛行場にもたらされ、ついで第一軍需工廠・第一製造廠（旧中島・太田製作所）からもう一機（二機？）が空輸されて、伝習教育が進められた。坂戸少佐は操舵の重さを指摘し、長船曹長は「いい飛行機だなあ」と感嘆した。機材の優劣比較の判断に、操縦者の個性、習熟度などによって差が生じるのは当然だ。第一隊から始まった伝習は、第二隊の途中まで進んで、敗戦により終了した。

本稿の冒頭にふれた、「雷電」との比較にもどろう。

二式戦が加わったB－29への夜間邀撃、F6FおよびP－51との昼間空戦のいずれにも、「雷電」は例外例を除き参入できていない。二式戦の生産機数が二倍以上という条件を考慮しても、活動範囲に大差が生じた。

作戦上、両機の特徴面における類似の事態は、操縦難度の高さと航続力の制限から、特攻に使われなかった一点だけだ。用兵側の問題、純粋な飛行性能の優劣、固定火器の強弱など、別立てで判定すべき面もあるが、戦闘履歴から見て、軍用機としてどちらが有能、有利だったかは明白だろう。

二式戦の能力比較対象たる局地戦闘機には、「雷電」よりも、「紫電」「紫電改」の方が好適と思える。

戦果の裏側

——名門・飛行第四戦隊にあった撃墜事情

元少尉・西尾半之進《はんのしん》氏

もう四〇年以上も前の、昭和五十一年（一九七六年）の師走のころ、飛行機雑誌の編集部員だった私は、関西のスーパーマーケットの女子寮を訪れた。

翌年の二月に出す太平洋戦争がテーマの増刊号に記事を書くため、飛行第四戦隊で二式複座戦闘機「屠龍《とりゅう》」に乗っていた、西尾半之進さんに会うのが目的だった。北九州の邀撃《ようげき》戦で、初めてB－29と手合わせした操縦者の一人である。

航空自衛隊を三佐で退役した西尾さんは、当時六十一歳。夫妻でこの女子寮を管理していた。夕食後の時間に訪れたので、食事を終えて帰寮した女子社員たちの高い声が管理人室に聞こえてきた。「若い子たちに間違いがないように気を遣うのは、なかなか大変なんですよ」。笑顔の夫人の言葉に、西尾さんがうなずいた。

陸軍航空の知識のほとんどは、飛行機自体に関するものだけ。各職域、特業（専門技術）への進み方や部隊の人員構成もろくに知らない。勢いだけの若者（私）に、氏は分かりやすく簡潔に自身の軍歴、戦時中の体験を語ってくれた。いまも手元にある、そのときの取材メモが、意外にうまく要点を拾っているのは、筆者ではなく語り手の能力による。

ただし、メモの内容は事実関係に終始し、感想や心情が記されていない。理由は明白。取材者たる私に、それらを尋ねるだけの周到性、すなわち力量が伴わなかったからだ。

その後、フリーランサーになった私は、本土防空戦や二式複戦の本を書くつど、電話でなんども質問をさせてもらった。まれに単純な記憶違いもあったが、実直誠実な性格そのものの談話は、自身についてはもとより、他者に関しても率直で、いささかの誇張もないように感じ取れ、本当にありがたかった。

二度目の面談は平成四年（一九九二年）の初夏。「屠龍」の本の改訂版を作る準備として、こんどは自宅にうかがった。時を経《へ》、場所が違っても、夫人が横に座って気を配るかたちは変わらなかった。

このとき、一五年余のあいだに得られた西尾氏の証言のうち、なんらかの問題点を含むいくつかを、念押し的にあらためて確認した。氏の返事に揺るぎはなかった。

西尾准尉／少尉の行動は拙著『死闘の本土上空』（文春文庫。『本土防空戦』改題）、『双発戦闘機「屠龍」』（文春文庫）などに記述し、短篇『夜戦のエキスパート六人』（NF文庫『航空戦士のこころ』所載）では人となりにいくらか言及した。だが私個人の判断により、述懐の一部を穏便に丸め、あるいは伏せて綴《つづ》らなかった。関係者とのあいだに、よけいな摩擦が生じるのを懸念したからだ。

平成十一年の晩春に西尾さんは逝去された。それからさらに時が経過するあいだに、それらのうちの差し障《さわ》りが少ない部分を、公にする義務と意義とがあるように感じられてきた。それゆえここに、氏の戦闘状況を再びたどりつつ、他者の証言を交えながら、複戦部隊の実情の一面を書き表わしてみよう。

防空戦が始まった

京都の野砲第二十二連隊に勤務していた昭和十二年（一九三七年）に下士官候補者に選ばれ、同時に航空兵の募集に応じた。飛行機熱望というほどではなかったが、郷里が三重県の明野飛行学校に近いため、かねて親しみを抱いていた。

第七十五期操縦学生として岐阜県各務原《かがみがはら》で、十三年八月から十四年三月まで初歩練習機と中間練習機の訓練を受け、満州・平安鎮で戦技を演練。熊谷ついで大刀洗の両飛行学校で助教を務めたのち、十六年八月に福岡県雁ノ巣の独立飛行中隊に転属する。開戦直前にこの独飛中隊が飛行第四戦隊に編入され、第二中隊を形成した。ここから西尾曹長の四戦隊時代が始まる。

飛行第四戦隊・第二隊きってのベテラン西尾半之進准尉。後ろは二式複座戦闘機丙「屠龍」の前期型。

飛行学校でさんざん乗り、翼端失速に陥りがちで着陸のやりにくさを味わいつくした九九式高等練習機にくらべれば、装備機の九七式戦闘機は悪癖がまったくなく、どんな特殊飛行もたやすくできた。

西尾准尉が二中隊長の上田秀夫中尉と二人で、機種改変が予定された新機材を受領に、川崎航空機・岐阜工場へ出向いたのは、十七年の夏が終わるころだ。隣接する各務原飛行場で、彼らは川崎の操縦士から手ほどきを受け、九七戦とは飛行特性が正反対の、二式複戦の未修飛行にかかる。

「双発の〔スロットル〕レバーは双練（一式双発高等練習機）をやっていたので、苦労はなかった。〔二式〕複戦はあまりいい飛行機ではありませんな。砲が大きいのは結構ですが、鈍重で、戦闘機操縦者には好まれない。ただし緩横転は可能でした」

上田さんも同意見だった。「複戦はいやでした。重いから急操作ができないし、整備もやりにくい機」「水平飛行で性能表の最大速度五四〇キロ〔／時〕は出ません。せいぜい五二〇キロ〔／時〕」と説明。西尾氏の速度評価はさらに辛く、五〇〇キロ〔／時〕も出ない、と言い切った。

操縦者にとって不満足な新機材を用い、四戦隊は十九年六月十六日の未明、内地上空における初の対B－29邀撃戦を展開する。

小月飛行場からの出動にそなえ、準備が進む第三隊の二式複戦丙(後期型)。四戦隊は機首の37ミリ機関砲を主用した。

事前のレーダー情報を得て、中堅以上の操縦者の八機がまず警急中隊として、午前一時までに山口県小月飛行場から出動。関門海峡～福岡市の上空に待ち受け、来襲敵機との交戦に入った。

非番で休みをとっていた西尾准尉は、外出先で空襲警報を聞いてすぐ官舎にもどり、部隊さしまわしのトラックで飛行場へ。戦技（同乗者）の原田福重曹長を後方席に乗せて発進し、小倉南方の空域から接敵した。第一撃の三七ミリ弾を放ったが有効弾にはならず、B－29は照空灯の光芒が消えたのに助けられ、離脱していった。

敵を求めて洋上に出た西尾機は響灘《ひびきなだ》の蓋井島《ふたおいじま》の上空で、超重爆の左翼エンジンまわりを狙って攻撃。見事に火を噴かせ、撃墜した。操縦者に転じて七年、初の実戦での初撃墜である。

この夜の四戦隊の戦果は、撃墜七機（うち不確実三機）、撃破四機と判定された。出撃操縦者のうち六名に直接取材した私の判断では、撃墜戦果を得たのは西尾准尉のほか、飛行隊長兼第一隊（一中隊を改称）長・小林公二《まさじ》大尉、第二隊長・佐々利夫大尉、樫出《かしいで》勇中尉、木村定光准尉だと思われる。

それぞれ一機ずつの撃墜だが、木村准尉だけは複数機撃墜を報告した。四戦隊の戦闘詳報によれば、彼が最初に撃墜を果たし、燃料補給に降りたのち再出動、さらに二機を落としている。報道関係者へは二機撃墜、二機撃破と発表された。

撃墜への疑問

六十七期操縦学生出身の木村准尉は、西尾准尉と同年齢だが、操縦を始めたのが一年二ヵ月早い。けれども、やはり大刀洗飛校および熊谷飛校の助教勤務が長く、それまで実戦経験はなかった。

初回の邀撃戦では来襲機の半数以上を撃墜し、敵の戦意を挫《くじ》こうとした第十九飛行団司令部の目標には、遠い合計戦果だったが、木村准尉の三機撃墜は目をみはらせる偉功である。そこで五日後の二十一日、陸軍大臣・東條英機大将からの褒美《ほうび》の軍刀が、西部軍司令官・下村定《さだむ》中将により授与された。

いまや英雄の座についた木村准尉に、民間の戦意高揚に一役買わせるのは当然のなりゆきだ。まもなく彼の講演会が催された。

これから講演会場へ出向こうとするときだった。彼は西尾准尉に向かって「どうやってB–29を落とすのかね？」とたずねた。

小月飛行場で戦隊長・安部勇雄少佐が、整列した空中勤務者たちに訓辞を与える。前列左端が木村定光准尉。

言葉の意味を知った西尾准尉の驚きは想像できる。B–29の撃墜法をいちばん知っているはずの人間から問われたのだから。私もこの話に驚いて、西尾氏がどう返事をしたのかを確かめ忘れた（ノートに記していない）ほどだ。

木村准尉の戦歴のハイライトは、少尉に進級後の昭和二十年三月二十七日の夜である。テニアン北飛行場を発進した第313爆撃航空団のB–29九二機が、海上輸送を封じようと関門海峡へ機雷を撒《ま》きにきた。来襲高度は一五〇〇〜二五〇〇メートル。昼間の強固な編隊を組まず、バラバラの侵入だった。

電波警戒機乙《レーダー》の情報を得ていた四戦隊は、夜間の作戦飛行が可能な技倆甲の空中勤務者の全力を、あいついで出動させた。交戦は午後十時半から一時間半にわたり、報じられた戦果の合計は同戦隊の邀撃戦で最多の撃墜一六機（うち不確実六機。二機ともいう）、撃破一三機を数えた。ほかに高射砲部隊が撃墜四機（うち不確実一機）、撃破五機を記録している。

圧倒的な活躍を示したのは木村少尉（二月に進級。同乗・三浦准尉）だ。実に撃墜五機、撃破二機。この数字は、五月一日付で彼に授与された、異例の生存者個人感状に明記されているから、まさしく軍の公式記録なのだ。一夜あたりの戦果では陸軍にならぶものはなく、海軍の記録が「月光」で戦った横須賀航空隊の倉本十三上飛曹―黒島四朗少尉ペアの撃墜五機、撃破一機だから、撃破が一機多い僅差で、日本軍の最高記録保持者に決まったのである。帳簿の上では、だ。

この作戦に関し米側記録には、戦闘機の邀撃は軽度だったが対空射撃が激しかった、とある。そして、第313爆撃航空団が同夜に失ったB‐29は三機にすぎない。日本側の合計撃墜二〇機、撃破一八機とは差がありすぎる。仮に高射砲部隊の戦果がすべて誤認だったとしても、納得しにくい大差と言えよう。

正副パイロットを一度に殺傷したり、操縦系統を破壊した場合を除き、B‐29の撃墜破には火と煙が付きものだ。夜間は発火が目立つから、操縦者にとって射撃の結果が分かりやすい。したがって報告戦果と実数が近づくのがふつうなのだ。

となると、誤認の範囲をこえる虚偽の申告があったのでは、と思えてくる。斜め銃しかない「月光」と違って、四戦隊のベテラン操縦者たちは機首の三七ミリ砲を主用したから、直前方の視界をふさがれた後方席の同乗者が、命中か否かを知るのは難しい。そのうえ攻撃成果の決定権は上官たる操縦者にある。

第一隊の操縦者で、騎兵から転科の准尉。誇張とは無縁なタイプの馬場作助さんは「タマさえ撃てば撃破にする操縦者の話を、その同乗者から聞いたことがあります」と語った。初空戦以外は西尾機の後方席に座った元伍長の久保務氏も、この件を異口同音に話してくれた。手柄を自作してしまう類《たぐい》の人物は、どの世界にもいる。

撃墜の時刻と空域および地点とが横須賀鎮守府に確認された黒鳥少尉機の戦果と、木村少尉機の戦果とを、同じ次元で語ってはなるまい。真の一夜最高戦果の軍配は、もちろん前者に上がるだろう。しかしこの一例をもって、陸軍航空が海軍航空に劣る、と決めつける気持ちなど、私は毛頭抱いていない。

七月十～十一日の関門上空でのB－29夜間邀撃戦で、木村機は帰らなかった。ともに出動の第三攻撃隊（第三隊を改称）長だった樫出氏は、木村少尉が「撃墜。自爆する」と無線で伝えてきた、と回想記に書いている。この夜、四戦隊は二機撃墜、二機撃破を報じたのに対し、関門、新潟、石川県七尾《ななお》に合計二九機が機雷を投下した第313爆撃航空団は、一機を失っただけ（場所不明）だった。

木村少尉の操縦能力が優れていた点は、高難度の作戦飛行に必ず選ばれた事実から納得しうる。これだけで充分に存在価値ありと言っていい。彼の人間性を高く論じる四戦隊員もいる。それらの評価と私の疑問とは、別種の問題なのだ。

事実が歪《ゆが》む

私が四戦隊関係者に取材した範囲において、西尾氏の空戦技術と闘志を否定する意見は一つも上がらなかった。氏と類似の実直派からも、逆の自己顕示タイプからも、その中間の人々からもだ。見上げる存在、と積極的に認める声が多かった。

前述した過大戦果の二十年三月二十七日の夜に、彼も一機を落としている。高度二〇〇〇メートルで光芒《こうぼう》の照射を浴びた敵機を、遠賀《おんが》川の鉄橋付近に撃墜し、爆発させた。判然たる撃墜状況なので、同乗の久保伍長にも明瞭に分かった。

ほかに十九年八月二十日の八幡製鉄所への空襲時と、二十年四〜五月の大刀洗上空での空戦、五月七日の国東《くにさき》半島上空での空戦で、一機ずつを屠《ほふ》った。これら昼間の三機に夜間の二機を加えて、西尾少尉の合計撃墜数は五機。

敗戦から一年のちに樫出氏が著した回想記には、二十年三月二十六日までに樫出中尉と木村少尉が各一八機、西尾准尉が一一機を撃墜していた、旨が書いてある。このときまでに四戦隊が戦果を上げた邀撃戦は十九年六月十五〜十六日と八月二十日の二回だけだ。二十年三月十六日から二十六日は首都圏防空の応援で、戦隊全力で茨城県印旛《いんば》飛行場に移動していたが、単機の偵察飛来はともかく、B－29編隊の空襲はなかった。

回想記に書かれた三名の撃墜機数は、樫出さんの記憶違いか、あるいは読者を元気づけるために筆がすべった結果と考えられる。

私が最初に取材したとき、西尾さんは自身の撃墜を合計五機と言い、その数はのちも変わることがなかった。同乗の久保さんは「西尾さんは絶対確実なものしか撃墜と通報させない。ほかに撃破が五機ぐらいはありました」と述べている。四戦隊の諸氏に回想を聞き、日米の資料を検討するにつれて、西尾機の戦果は確度がごく高く、四戦隊トップ、あるいは少なくともそのうちの一人と思えてくる。

昭和19年6月16日の朝、福岡県八幡西方の折尾付近に落ちたB－29の残骸に、第三隊の樫出勇中尉が手をかける。

二十年五月七日の空戦で編隊の先頭機を落としたのち、左エンジンに被弾した西尾機は、海軍の大分基地（久保さんは宇佐基地と記憶）に不時着陸した。あいにく無線機が故障し、撃墜を知らせられないでいた。この間に西尾少尉（四月ごろ進級）の戦果を、某操縦者が自分の功績として戦隊本部へ伝える無線

西尾准尉と後方席の機上無線係・久保務伍長。２回目の交戦から同乗した。

を聞いた。

少尉が墜死すると見ての横取りだったのか。偶然の重複、という可能性は皆無ではなかろうが。

迎えの九九高練で小月飛行場に帰った少尉は、戦隊長の小林少佐（十二月に進級。前飛行隊長）にこのことを説明したが、すでに戦果と撃墜者名を第十二飛行師団司令部へ報告したあとだった。下手をすれば軍法に触れるような訂正は、戦隊の立場もあって申告できないため、この件は伏せられたままに終わった。

他者の手柄を横取りする卑劣さが、よほど腹に据えかねたに違いない。取材のつど、西尾さんは私に憤《いきどお》りの気持ちをくり返し語った。もし自分が彼の立場だったら、どうしただろう。こういうケースはままあったのかと、そのつど考えさせられた。

空中特攻に散るまで

西尾少尉にとって衝撃的なできごとが、同じ五月七日、交戦の直前に起きた。かつて西尾小隊の一員だった村田勉曹長が体当たり戦死を遂げたのだ。

自動火器では容易に落とせない超重爆を、なんとか仕留めようとする苦肉の策が、体当たりをめざす空対空特攻隊の編成である。関東守備の第十飛行師団と北九州守備の十二飛師隷下の各戦隊内で作られ、十九年十二月上旬に前者は震天隊、後者は回天隊と命名された。

体当たりの操縦者の人選は、戦隊長以下の部隊幹部数名が担当した。戦隊長だった小林さんはこう述べた。

「初め、志願を募ったらほとんどが応じました。まず家族構成を調べ、一人息子の者を除外。飛行隊長らと選出した操縦者の名簿を師団司令部へ出すと、そのまま〔特攻隊員として〕採用になったのです」

特攻隊員の募集は全員を対象にしたのではない。中隊長以上は選ぶ側だから問題外で、つぎに戦力の中核的な腕達者も当初から外された。希望を問われた記憶が西尾さんにないのは、このためである。

撃墜経験をもつ藤本清太郎《せいたろう》軍曹が応募を迷っていると、樫出中尉が「お前は空戦ができる。当たらなくてもいいじゃないか」と言ってくれた。戦隊長室に呼ばれ、希望か否かを問われて「自分は空戦で落とせますから」と答えると、戦隊長は「ああ、そうか」と受け、それ以上の質問はされなかった。

少年飛行兵と操縦学生という出身の違いはあるが、藤本軍曹とはほぼ同等の飛行キャリア

特攻・回天隊員の村田勉曹長。機関砲でB－29とわたり合える技倆を有していた。

を有する村田曹長は回天隊員に選ばれた。初のB－29夜間邀撃にも加わった技倆甲の持ち主だが、腕の良し悪しによらない公平な選出であることを示すための指名だったのか。

回天隊の複戦八機は操縦者だけの一人乗りで、出動は昼間に限られた。皮肉にも編成後にB－29の来襲はとだえたが、絵が上手な村田曹長は体当たりの想像図を描いて、宿舎に貼っていた。気力を維持するためだろう。

「男気《おとこぎ》のある、さっぱりした人物。口数は多くないが、愉快な話で笑わせた」が西尾さんの村田曹長評だ。階級的に後任の藤本さんからは「優秀で、面倒見がいい。操縦の勘がよく、機関砲で充分に戦える人」との感想を得た。

沖縄周辺の米軍への航空攻撃をはばむため、三月下旬から九州の航空施設がB－29の目標にされ、四戦隊にとって交戦の機会が続く。四月十八日、回天隊長・山本三男《みお》三郎《さぶろう》少尉が体当たりで戦死した。

だが村田曹長には、攻撃のチャンスが巡ってこない。体当たりを避けているのでは、との陰口《かげぐち》をきく者が出てきたという。十飛師の震天隊の複戦と違って、回天隊機は機関砲を残していた。武装なしの機にくらべ、いくらかなりとも精神の平静を保たせるためだったようだ。

これが曹長への誤解を生む一因をなしたのだろう。

戦死する日の出撃前の戦隊長訓示で「〔機関砲による〕撃墜主義もいいが」の言葉が出た。体当たりを促《うなが》すものと受け取った操縦者たちが、訓示後に村田曹長に近寄り、口々に「気にするなよ」と声をかけた。

築城《ついき》の上空で、かつて小隊長だった西尾少尉の一五〇〇メートル前方を飛んでいた村田機は、意を決したように増速し、水平飛行のまま第二梯団のB-29の左翼付け根に衝突。複戦は瞬時に火に包まれ、左翼をちぎられた敵機もすぐキリモミに陥って墜落した。少尉の目に、その一部始終が焼き付けられた。

「小林さんは部下をかわいがった。回天隊を編成するとき、ずいぶん悩んだと聞いています」。この藤本さんの述懐とは、正反対の証言をする元操縦者もいる。立場の差が回想の差に直結するのは、むしろ当然である。

小林戦隊長は体当たり攻撃をさせねばならない立場にあった。彼が痩《や》せ、五月末に関東の常陸《ひたち》教導飛行師団へ転出したのは、回天隊の状況と無関係ではあるまいと私は考える。

空の闘いは勇壮であり、苛酷であり、悲痛であり、理不尽であった。それらを如実に示す西尾さんとの会話、元四戦隊・空中勤務者諸氏との会話を、いつまでも記憶に留めたい。

回転翼に託した人生

――最善の姿勢で任務に向かう

敵が教えてくれた

昭和二十年（一九四五年）八月五日。小笠原諸島・父島からの「敵大編隊、北上中」の情報が、飛行第五十三戦隊にもたらされたのは午後八時。

この夜、スクランブル待機当直を意味する警急中隊は、こんごう隊（第二中隊）だった。隊の一員である中垣秋男軍曹は、千葉県藤ヶ谷飛行場を九時四十分に二式複座戦闘機「屠《と》龍《りゅう》」で離陸し、指定待機空域の江戸川上空、高度五五〇〇メートルにいたった。群馬県前橋が敵の目標と知らされて、二機で暗夜の空を三二〇度、ほぼ北西の方向へ二〇分、一〇〇キロ飛んだ。羅針盤の針が頼りの計器航法だ。

地上は灯火管制で見分けがつかない。前橋はこのあたり、と判断したとき、右方向が焼夷弾の発火で光り、利根川と市街地が見えた。地形表示レーダーを備えるボーイングB－29に

中垣秋男軍曹。二式複座戦闘機「屠龍」の操縦席に座って。

は、さして困難な目標標定ではないのだが、日本の技術分野にとってはまだ実験段階だ。「敵の方が〔内地の地理を〕よく知っている！」と中垣軍曹が驚くのは当然だった。

地方都市ゆえ、照空灯の光芒《こうぼう》はわずか二〜三本。しかも操作がまずくて超重爆を捕捉できず、それまでに撃墜三機、撃破三機を記録していた軍曹も、攻撃のしようがなかった。前橋が燃える程度の火災では、敵機が浮かび出るだけの明るさがないのだ。

彼にとって最後の作戦飛行が、これで終わった。

一〇日後、頭痛で仮泊所で寝ていた中垣軍曹は、拡声器から流れる詔勅を聴いた。雑音がひどく、意味不明の天皇の声。「耐え難きを耐え」の言葉で敗戦を知った。勝てるとは思わなかったが、降伏も念頭になかった。来《きた》るべき本土決戦では、五十三戦隊の複戦は八〇〇キロ爆弾のト号（特攻用）装備で、特攻隊の先導機を務めるはずだったから、戦争が終わってホッとする気持ちもあった。

十五日の午後、早くも部隊の崩壊が始まった。現用中あるいは保管中の物資を持ち出し、勝手に退隊・復員する者があいつぐ。群馬県の桐生へ自主復員した操縦者を連れもどしに、二十日に藤ヶ谷～新田飛行場を二式複戦で往復して、練習機初搭乗いらい三年半の中垣軍曹の飛行キャリアが閉じられた。

彼の復員は二十八日。最寄りの松戸駅から、経由駅の秋葉原に着く。小高いホームに立って、新宿まで見通せる焼尽の東京の姿に、涙がにじんだ。主敵だったB－29と、多数の艦上機がわがもの顔に飛びまわる空。悔しさと虚脱感の目で、機影を追った。

ふたたび操縦桿を

長野の郷里に帰ったとき二十二歳。短期間バルブ製造会社に勤めたのち、家業の荷馬車造りを五年間続けた。

昭和二十五年（一九五〇年）に朝鮮戦争が勃発し、その影響で警察予備隊の募集がなされた。応募した同期生（第十期少年飛行兵出身者）もかなりいたが、中垣さんは関心を持たなかった。妻子を養えるだけの給料が出ないからだ。感情の過熱や自暴自棄にいたらない、現実を見つめるこの性格は、空戦でも生活でも変わらなかった。

朝鮮戦争は日本に特需をもたらし、首都圏は好景気に沸きつつあった。荷馬車はやがて自動車に取って代わられるはず、いまこそ上京すべきと決意し、家族を連れて郷里を離れ、品川にある米軍補給基地で警備員の職を得た。

不規則な食事で身体を壊し、三年後の二十八年に多摩・昭島の昭和飛行機の社員に転職、米軍連絡機のオーバーホールに携わった。翼に触れて「操縦者に復帰したい」との願望が強く表われたのは当然である。

定期運航や使用事業の各様の航空会社が、営業を始め、あるいは開業にかかる時期で、旧軍の航空関係者がさまざまなかたちで空の世界にもどりつつあった。操縦OB向けの飛行訓練団体・おおとり会では、小型機の飛行が一時間あたり、新任教師の月給二ヵ月分の一万四〇〇〇～一万五〇〇〇円、事業用免許を得るのに二〇万円かかるといわれた。二人分の年収だ。高嶺の花どころの額ではない。

飛行訓練には手が届かず、それでも講習を受けていた中垣氏に「失礼ですが、助教さんでは?」の声。かたわらに来た二人は、氏が熊谷飛行学校で九五式《きゅうご》中間練習機の助教を勤めたときに教えた少飛十三期生で、一人は早くも事業用免許を取得ずみだった。

子供三人に充分な教育を受けさせるには、給与の点で自衛隊のパイロットでは困難だ、民間会社に入るしかない、と考えていた。三十二年の春に受けた日本航空の入社試験は英文問題の量がやたら多く不首尾に終わったが、三十三年一月に募集の全日本空輸の試験では八〇名中一二名の内定者に名を連ね、念願かなってこの上ない喜びにひたった。

東京の日本ヘリコプター輸送(略称・日ペリ)と大阪の極東航空が合併し、全日空が生まれたのが前年の十二月。中古のダグラスDC－3が主力機で、経営も苦しく、定期路線の赤字をヘリコプター事業が助けていた。

選ぶのならヘリのパイロット、と中垣氏は決めていた。日本で実用が始まってまだ六年の、回転翼機の将来を高く見積もったからではない。助教として操縦を教え鍛えた少飛十三期生が、定期便の副操縦士を務めている。その下についての勤務はしづらいためで、誰しも納得できる理由だろう。

内定者面接で「ヘリは力仕事だが」と言われたが、意味が分からなかった。四月、操縦士訓練生の採用辞令をもらう。月給は訓練生ゆえ一万五〇〇〇円。立川で米軍のF－86戦闘機の整備をして得ていた収入の、半分でしかない。合格者の一人は「とてもお世話になれません」と、辞令を返して去っていった。

機長に任じられるまでの我慢だ。中垣さんは覚悟し、低収入の待遇を受け入れた。こだわらない気性の二子《ふたこ》夫人も働いて、不足分は借金で補った。

報道の空、苦い空

昭和三十三年五月の全日空の保有ヘリコプターはベル47のD－1が四機とGが二機。空中で止まれる面白い航空機と感じ、先輩機長たちが何ということもなく飛ばすのを見ていたが、訓練にかかると甘い認識は吹きとんだ。

ヘリの飛行に不可欠のホバリング（空中停止）。操縦桿の作動は単なる機構式で、緩衝装置もない。主ローターの回転面に受ける風圧が操縦桿に直接伝わるから、しっかり握ってい

東京・江東区の洲崎ヘリポートで中垣操縦士訓練生が、ベル47D－1の操縦桿を握る。腕力の配分を呑みこんで、単独飛行訓練をしあげる昭和33年（1958年）末のころか。

ないと、浮いた瞬間あさってのほうへ飛ばされかねない。「ヘリは力仕事」の言葉どおりだ。飛行機で教えこまれた「生玉子を握る感じ」とは正反対。操作（操舵）の効き遅れも一秒以上あって、「えらいものに乗ってしまった」というのが正直な心境だった。

訓練場所は、江東区洲崎《すさき》の対岸にあった初代の東京ヘリポート。在籍者は室長以下の操縦士八名と、整備士が七名いた。

いくども冷や汗と脂汗をかきつつ、直径一五メートルのスポット内で高度一メートルでのホバリングに面くらい、難しさに愕然《がくぜん》とした。飛行機とはまったく違う。一回三〇分、一〇回の訓練をこなし、場周飛行へと進んだ。操縦訓練、ヘリ作業の地上支援補助、学科の勉強の日々を送り、三十四年二月にベル47Ｇの技能証明書を受けて、いわゆる免許保持者になった。

このとき三十五歳。三月から機長見習（七月に機長）として乗務手当が加わり、手取りは倍増、やっと生活苦を脱した。初仕事はＮＨＫのカメラマンを乗せて、一ヵ月後に予定の皇太子御成婚パレードコースの撮影。三月のうちに、操縦系統を油圧式にしたベル47G－2の訓練を受ける。D－1およびGに比べて操作性の向上は歴然で、この型から操縦桿の握りが飛行機なみに軽くなった。

上：鹿児島県阿久根を走る聖火リレー。中垣さんのベル47から写す。下：宣伝飛行で横浜市帷子(かたびら)町の小学校校庭に降りて、三浦正整備士(左)と花束を受けた。34年11月。

全日空ヘリコプター部の使用事業のうち、報道チャーターはNHKと朝日新聞が主体だった。NHKは社有機を持たず、年間契約を結んでひんぱんに使った。朝日の場合は、日ペリの首脳が同新聞社出身なのでつながりが深く、自前の航空部でまかないきれない飛行を依頼してきた。

中垣操縦士は多くの報道・取材飛行をこなして

いく。広く知られた出来事だけでも順に、皇太子御成婚パレード本番、著者も氾濫《はんらん》水に浸《つ》かった伊勢湾台風、G－2で追うのが苦しい新幹線テスト走行、聖火リレーと東京オリンピック、橋幸夫・吉永小百合のヒット曲を販売中止にしたボーイング727東京湾墜落、東大紛争の安田講堂攻防、F－86Fとボーイング727が空中衝突した雫石《しずくいし》事故、札幌冬季オリンピック、連合赤軍たてこもりの浅間山荘事件、漂流原子力船「むつ」、という具合だ。

報道飛行で航空法を順守したのでは撮影は無理で、適宜すり抜けねばならない。何機ものヘリや飛行機が集まって、衝突のおそれも生じる。カメラマンや記者の無理を聞き、最悪の危険だけは回避する的確な操縦を、中垣操縦士の技倆と判断がこなし続けた。それは、B－29に対する「屠龍」の闘いの、延長線上にあったとも言えよう。

三十五年の福岡県・三池炭鉱の労働争議。その終盤の七月、大牟田の公園に集《つど》ったヘリのうち全日空は四機で、NHK、朝日新聞、共同通信が一機ずつチャーターしていた。残る一機はNHKが借り上げを解除し、カバーで包んだままだった。

NHK機は福岡へ原稿を輸送中だった。その日は平穏で待機を解いたところへ、NHKカメラマンが「市中で全学連が暴れている。ヘリを出してくれ」と駆けこんできた。すぐ出せるのはローター空転中の中垣操縦士の機だけだが、朝日新聞の看板を付けている。「どうしましょうか」。全日空側責任者の課長の「そうだな、行ってもらおうか」の返事で離陸した。撮影はうまくいった。しかし飛行中を朝日の関係者に見られ、ヘリが飛んだ理由を聞かれた中垣操縦士は「ＮＨＫの取材で」と素直に答えた。しばらくして朝日はクレームをつけてきた。東京からの片道六〇万円のヘリ空輸料金を払っているのに、他社の独占取材に使われたのだから無理もない。誰の命令で飛んだかを問い詰められ、「私の責任で飛びました」と中垣さんは答えた。

その場にいながら口をつぐんだままの、真の責任者たる課長。朝日の看板の除去に気付かなかった職員たち。組織の不条理を負って、操縦士はスポンサーが命じるまま、その日は宿で謹慎し、飛行人生でただ一度の苦い思いを噛みしめた。

水田に粉を撒く

「中垣さんは、仕事では絶対に妥協しなかった。厳しくて、几帳面。理不尽なことを言われると撥《は》ねつける。芯の通った、実直な人です。後輩なので、かわいがってもらいましたね」

こう語る少飛十五期出身の井上邦治《くにはる》さんが、熊谷飛校・新田教育隊で基本操縦教育を受けたときの、助教の一人が中垣伍長だった。直接の受け持ちではなかったが、気合の入った言動をよく覚えている。

井上さんは重爆分科。特攻編成の百式重爆撃機「呑龍《どんりゅう》」の操縦法を新米の学鷲に示していて、敗戦を迎えた。一〇年近くのち、同郷の甲飛予科練出身者が「お前は陸軍だが、手旗〔信号〕からやる気があるか」と海上自衛隊パイロットへの応募を勧めた。

少年飛行兵の教え子・井上邦治操縦士（右）と、ペアを組む整備士。シュド・アルーエトⅡ小型ヘリとともに。

合格してリフレッシャーコースに。不なれな英語に苦労しつつ難関を越え、「陸軍〔出身者〕は固いぞ」と言われながらビーチクラフト「メンター」からノースアメリカンSNJ、ビーチクラフトSNBと練習機を進んだ。その先の実用機に「空中で停止し、どこにでも降りられる素晴らしい航空機」と感じたヘリを希望。昭和三十二年にベル47、次いでシコルスキーS－55に搭乗する。

新入の防衛大学校出の若手幹部との摺《す》り合わせがまずく、民間の発展に期待して三十六年三月に全日空に入社。ヘリポート事務所で中垣元助教のきびきびした姿をふたたび見、「十五期か！」と声をかけられてびっくりした。すなわち陸軍と全日空は中垣さん、ヘリ操縦は井上さんが、それぞれ先輩というわけだ。

井上さんの採用は、前年春にシコルスキーS－55Cを導入したのが主因である。小型のベル47だけのところへ、この中型ヘリを加えて業務の拡大をはかったが、結局は性能的にパッとしなかった。ともあれS－55が果たせず、ベル47系が主役であり続けた主要事業が、水田の農薬散布だった。

　農地が広大なアメリカでは軽飛行機なのを、ヘリが請けおう。絶好の時期に一気に散布できるし、回転翼の下降風で薬剤を稲の下方まで付着させうる。広い飛行場がいらない。日ペリ時代から研究、実験を進めたパイオニアたる全日空は、三十三年以降に実働飛行を開始し、四十二年に作業量がピークに達する。

　ヘリの農薬散布は害的な面が判明して、今日では姿を消したが、食糧増産が叫ばれた昭和三十年代に、いもち病防除や二化螟虫《にかめいちゅう》の駆除に威力を発揮し、大いに重宝《ま》がられた。春に始まり、夏場が稼ぎどき。農協と契約して該当エリアを撒くため、四〜五機で場所別に各々が作業を消化する。これをくり返して全国を巡り、一ヵ月続く場合もあった。

　各機の操縦士は、会社代表として農協職員や農家と対応するかたちになり、人間性が問われがちだった。井上操縦士としばしば行を共にした中垣さんは言う。

「相手といい関係を作ることが大切です。彼は明朗で性格がよく、まったく問題がなかった」

　日が昇って上昇気流が発生すると農薬の粉が舞い上がってしまうので、朝しかできず、午前四時起きになる。水田から六メートル前後の低空を、散布幅だけずらしつつ往復し、最後に周囲をひと巡り。機体の両側に付けた漏斗《ろうと》の親玉のようなホッパータンクから、一〇〇キロの農薬を、四ヘクタールほどに七〜八分間で撒き終えて着陸する。それをくり返す、時間

39年の夏、新しい川崎 KH－4での農薬散布。この飛行が稲の害虫の発生を防ぎ確実な収穫につながった。

との勝負の飛行だ。

周囲には山あり、森あり、建物ありで、操縦士は片ときも注意を怠れない。いちばんの敵は電線で、山や建造物に溶けこんで見えず、引っかけて何機ものヘリが落ち、殉職者が出た。

三十八年の終戦記念日に散布にかかった、京都府京《けい》北町《ほくちょう》の水田は幅一〇〇メートル、奥行一キロと細長く、周囲は山。水田の両側に家屋が点在し、両側を結ぶ数本の電線、電話線が間隔を置いて高さ数メートルのところに張ってある。

土地の形状と障害物の多さから、散布飛行がきわめてやりにくい場所で、最難点は目印に欠かせない電柱が田のわきに立っていないことだった。五〇キロ／時で飛ぶヘリから、前下方の電線を確認し続けるのは不可能である。

細心の注意を払って中垣操縦士が、いもち防除薬のセレサン石灰を高度一〇メートルから四回（二往復）撒いたところで、気温が上がり粉が舞い上がり出した。そこで五回目、下降風を利かそうと一瞬高度を下げたとき、鈍い衝撃を感じ、ローターの先端に引っかけた電線が見えた。まもなくピッチレバーが跳ね上がり、ベル47は水田に突っこんだ。

幸いにも負傷せず、場所がら相手の被害も軽微ですんだ。大破した機材も古いD－1なのが救いだった。目安の柱か旗があったなら、避け得た事故と思われる。

中垣操縦士は農薬散布の飛行方法、効果の向上に努めた。事故の前々月には茨城県総和《そうわ》村村長から「特に中垣氏の努力は村民の等しく感銘する処《ところ》」とつづった感謝状が、全日空社長宛てに届いていた。

三十九年の夏、栃木県小山市の豊田農協から指名で依頼が来た。作業終了後に贈られた感謝状には「地域農民の意志を認識せられ、卓越せる操縦技術と高度の散布技術を発揮し（中略）まことに感激に堪《た》えません」と市長の高い評価が記されており、彼のハイレベルな仕事ぶりを裏づける。

幕を引くのは自分の手

「ホッパーに農薬を入れ、上ぶたを閉めて鍵をかけるのは農協の人がやります。造林地の場合も同じで、害虫駆除剤、殺鼠《さっそ》剤は営林署員が入れるのです。出先で朝一番で機の調子を確認してパイロットにわたし、離陸の合図の白旗を振るのが、整備士の役目。

中垣さんとはあちこち行きました。真面目で、はっきりものを言う。操縦がうまく、トップクラスの一人でした」

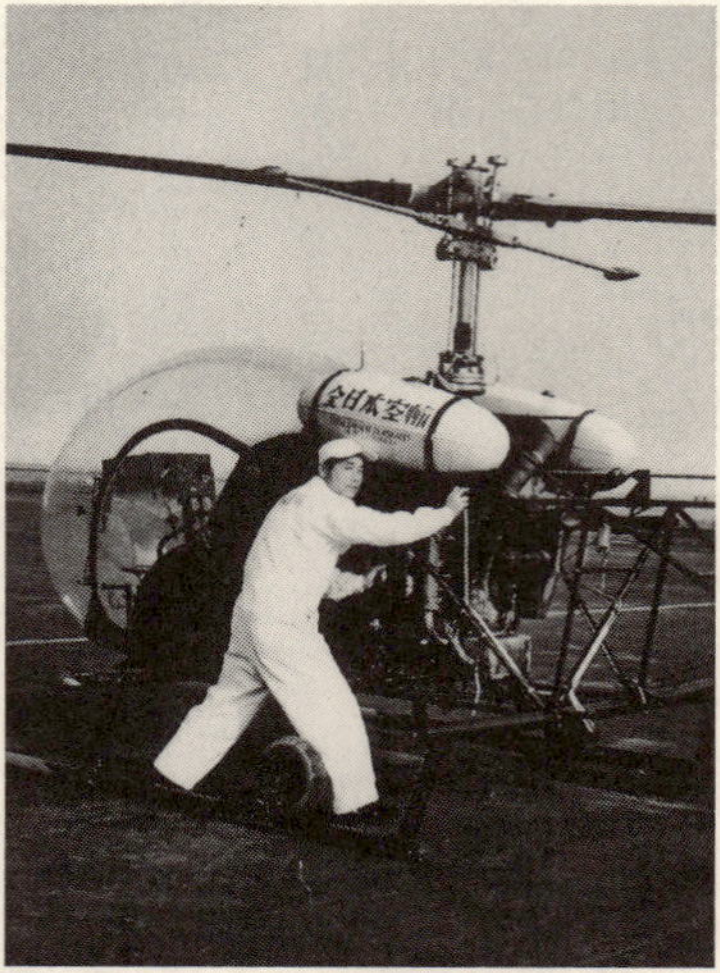

ベル47G－2と岸政吉整備士。高い技術、穏やかさと堅固な意思、責任感を併せもつ。頭上は社名を記入した燃料タンク。

整備士だった岸政吉さんの言葉だ。

中垣さんより五歳、井上さんより一歳半若く、敗戦時は十七歳になったばかりの岸さんだが、陸軍機にさんざん触れている。航空士官学校で働く軍属だったから。

昭和十八年に飛行機見習工として入り、教育を受けて三ヵ月後に航士校の整備工場に配属された。九五棟の組み立てで飛行機を理解して、旧式実用機の整備を手伝い、ドイツ名の「ユングマン」と呼ばれた四式練習機、九九《きゆうきゆう》式高等練習機のエンジン換装や試運転に従事。特攻用の九五練を、オレンジから暗緑に塗り変える作業もあった。空襲が激化した二十年四月に、航士校の訓練は満州へ。ソ連の参戦により鉄道で朝鮮へ撤退し、きわどく内地に帰還する。

戦後に早稲田大学で機械工学を学んだ岸さんの、全日空入社は中垣さんよりやや遅い三十三年八月。まず無資格の整備員として勤め、三等、ついで二等の整備士免許（等級は重量別で、ヘリに一等はなかった）を取得し、整備士に昇格。

整備士の仕事は多岐にわたる。オーバーホールなど工場整備、現地での点検保守、燃料の手配と給油、そして輸送物量の取り付け。

「コンビを組む操縦士によって、やりやすいとか、やりにくいとかは考えない。一機を受け持って現場へ向かうつど、なによりも『事故を起こさない』という決意を新たにしました」

深い知識と温和な性格に加え、この信条を中垣操縦士は高く評価した。

建材、生コン、材木などの物量輸送には、四十年に導入の中型機ベル204Bが威力を発揮した。大出力で、操縦が楽。小型ヘリでは二〇〇キロ前後なのに、一トンもの搭載量が魅力だった。

41年8月、中垣操縦士によるベル204B中型ヘリの新潟県五頭山での物量輸送。整備士たちとの連携、相互信頼が不可欠だ。

細長い物、球状になる物の空輸は、重くても難しくない。警戒を要するのは平たい鉄板、パラボラアンテナなど。風を孕《はら》むと急にヘリを引っ張って、バランスを崩される恐れがあるからだ。地上での荷物の取り付けも、習熟と度胸が欠かせない。すぐ頭上でホバリングするヘリに潰されそうな恐怖に打ち勝って、初めて確実な作業が可能になる。

全日空の旅客機パイロットの給与上昇に準じて、ヘリ操縦士の所得も増えていった。後発の競合会社の人件費との差が広がり、農薬散布の受注も減って、ヘリ部の採算性がはっきり悪化し始めたのは四十七年だ。対策としてヘリ部を縮小、ヘリの人員を拡充途上の定期航空部門へ移す再構成が進められ、岸整備士も定期の整備本部へ異動した。

優れた人材の転出で、技倆水準の低下は避けがたい。操縦と整備の気合一致が不可欠な物輸作業中の四十七年九月、吊り上げにかかる鋼材が不なれな作業員の腰を打った。操縦の中垣さんに対し、整備課からクレームが出され、運航課の上司は異議を唱えなかったようだった。このときヘリ部の環境の変化を、彼は身をもって知った。

それから五年後の昭和五十二年（一九七七年）五月十九日、ベル47発達型の川崎KH－4で宮崎～福岡を飛んで、二〇年にわたるヘリ飛行歴を閉じた。自発的に操縦士を辞職したのだ。以後、定年までの六年半を地上職でつつがなく勤務する。

自分の腕で稼いだ使用事業飛行。「つらいと思っていたら仕事になりませんよ」。中垣氏はきっぱりした笑顔で締めくくった。

三式戦の比島、五式戦の本土
——エンジンの換装が勝敗を変えた

軍用機の評価は、その機が備える本質的な性能と機能、使用者の個性、置かれた環境（戦局、戦場）、対抗する敵機などの要素がもとになる。したがって、いかなる場合でも単一データをもって特質を断定するのは無謀であり、より多くの実例を集めねばならない。

しかし、やみくもに集めても、誤謬《ごびゅう》を含んだ低レベルな内容だったなら、かえって判断や推定のミスを招き、結論を歪《ゆが》めてしまいかねない。手ごたえある正確な言葉、信頼にたる事象と数値をそろえ比べ得るのが肝要なのだ。

川崎航空機製の二種の陸軍戦闘機に関し、代表例の一つと見なしうるほど的を射た説明、あるいは予想外の事態の証言を、航空士官学校・第五十五期士官候補生出身の川村春雄さんから、昭和五十七年（一九八二年）十月に岩手県のお住まいでうかがった。

液冷新鋭機の初印象

著者「航空士官学校卒業は昭和十七年（一九四二年）三月ですね」

川村「ええ。二年四ヵ月在校し、私たちが開戦後の初の卒業生。開戦で戦闘分科〔戦闘機コース〕が六〇名から一四〇名へと急増し、最多数の分科に変わったんです〔次が重爆の七五名〕。赴任部隊は〔東京府〕調布飛行場の〔飛行第〕百四十四戦隊で、〔三重県の〕明野〔飛行学校〕へ行って〔戦技訓練を受ける〕乙種学生を半年間やりました」

著「搭乗した機は九七〔式〕戦〔闘機〕？」

川「士官学校で九五式の中〔間〕練〔習機〕と九九〔式〕高〔等〕練〔習機〕、それに九七戦の基本操縦まで。明野ではずっと九七戦でした」

著「明野の訓練に、もう〔二機と二機の四機編隊が基盤の〕ロッテ戦法が入っていましたか」

川「ロッテは〔中隊長教育を受ける〕甲種学生がやっていたが、われわれは単機戦闘が主で、編隊は以前からの三機です。

乙学を終えて十七年の九月末に調布の原隊にもどったら、部隊の名が二百四十四戦隊に変わっていましたよ。私は〔第〕二中隊付。飛行機はまだ九七戦で、二単《にたん》〔二式戦闘機「鍾馗」〕が少しあった。速度は段違いで、九七戦では追えません」

著「三式戦〔闘機〕の導入は十八年の夏に？」

東京・調布飛行場で飛行第百四十四戦隊の九七式戦闘機。防空には不向き。

川「そうです。その前に、甲種学生に行っていた〔一中隊長の〕川畑〔稔《みのる》〕大尉がロッテを教えてくれた。三式戦は〔三中隊長の〕村岡〔英夫〕大尉たちが福生《ふっさ》〔の航空審査部〕で未修〔飛行〕（操縦訓練）してきて、私は最初に伝習〔教育〕を受けたんです。

未修は戦隊長〔の藤田隆少佐〕が見ているところでやる。エンジン〔のスロットルを〕全開で滑走から離陸へ。〔九七戦に比べて〕馬力が大きいから、呑まれるような感じで、いい飛行機だと思いました」

著「難点はありましたか」

川「九七戦にはない操作を、間違えないこと。引き込み脚、冷却器《ラジエーター》フラップの確実な出し入れですね。操縦時の機体の重さ？　特にありません。

宙返り上昇反転（インメルマン・ターン。高度を稼ぎつつ針路を逆に向ける）を連続で打っていたときでした。姿勢をもどそうとしたが〔操縦〕桿が利《き》かず、上昇できない。たちまち高度が二四〇〇メートルから八〇〇メートルに下がったんで脱出した。そのとき開きかけた落下傘が機体にかかって破れ、速い速度で小金井のニワトリ小屋に墜落です。死体収容班がやってきたが、私は一一ヵ所骨折しても生きていました。大木の枝を折りながら落ちたのが、クッション代わりでした」

著「よく操縦に復帰できましたね」

川「軍医の診断は『再起不能』。熱海で温泉療養し、飛行機は無理との診断を無視して、全治を言いわたされる前に戦隊に帰ったんです。まず九七戦で飛んで、九九〔式〕軍偵〔察機〕で曳的《えいてき》（射撃訓練に使う曳航標的）の吹き流しを引き、それから三式戦に乗りました」

むちゃな指揮が事故を生む

著「飛行第十八戦隊は、十八年の年末に編成着手、完結が十九年二月十日」

川「二百四十四戦隊の三個中隊全体から空〔中〕勤〔務者〕を抜いた。〔中隊で区分しない飛行隊編制を導入したので〕先任将校操縦者の川畑大尉が飛行隊長です。戦隊長〔の磯塚倫《りん》三少佐《ぞう》〕が爆転（重爆からの転科）なので、川畑大尉が頼みだった。十八戦隊ができたころは、将校ではわれわれ〔航士〕五十五期の中尉がいちばん若く、乙学でロッテを学んだ五十六期の少尉が春になって五〜六名来ました。少年飛行兵出身、〔他の兵科・職域から操縦者になる〕操縦学生出身の下士官も配属されて、人数が充足したんです」

著「調布での訓練はどのように？」

昭和19年9月、機首に装備した12.7ミリ機関砲の弾道調整のため、飛行第十八戦隊の武装係が作業中だ。主翼に20ミリのマウザー MG151/20機関砲を付けた三式一型戦闘機丙「飛燕」。

川「五十六期が来たころは、東京防空の対爆戦闘がかろうじてできるかな、といった程度。操縦がおぼつかない者がかなりいたので、川畑さんが『単機戦闘をやって自信を持たせろ』と。合わせて射撃もかなりやった。編隊はロッテを取り入れて、分隊二機、二個分隊で一個小隊の四機です。ただ、対爆が主のためどうしても不充分で、規模もほとんどが四機止まり。三個小隊、四個小隊まとまっての機動は、やっていません」

著「夜間訓練はいかがでしたか」

川「若い連中がまったくだめなので、これも重点的に進めました。夜は計器は補助的で、肉眼が主です。上下の区別がつく星空か、星がなくても地平線が見えないと無理。性能がよくない計器だけを頼りに、傾きまでは修正しきれない」

著「川畑大尉の夜間の殉職は、十九年五月末の未明ですね」

川「吉田〔喜八郎・第十飛行〕師団長（心得《こころえ》）の検閲のとき、地上の視界はあったが、雲が低く出ていて『夜間飛行は無理』と思いました。腕のいい高島〔喜久治〕准尉がひどく心配したんです。川畑大尉は東京湾へ向けて離陸後すぐ雲に入り、機位を失って墜落。僚機の坂上〔憲義〕少尉も厚木方面に落ちて殉職です。私は高島准尉と上がって、高度一〇〇メートルでものすごい雲の中に突入。すぐ左へ大きく旋回して、運よく飛行場に降りられたが、別の機が着陸してきて接触し、飛行機を壊された」

著「騎兵出身の師団長と重爆分科の戦隊長では、戦闘機のなんたるかは……」

川「そのとおり。戦隊の事故調査委員会の報告書を作るさい、原因の一つに『指揮の拙劣』と書いたら、戦隊長にだけ責任を負わせるものである、と来た」

著「〔液冷エンジン装備の〕三式戦の動力関係のトラブルは有名ですが」

川「警戒されていたのは離陸直後のエンジン故障。二百四十四戦隊でも十八戦隊でも、この種の事故があった。私は幸いにして、三式戦が飛行中に故障を起こしたことはありません」

著「十月から基地移動が続きます」

川「まず調布から〔千葉県〕柏に基地飛行場を変更し、まもなく北九州防空のため臨時に主力が〔福岡県〕大刀洗《たちあらい》へ。これは移動二日前に、B-29が来るという情報があったんです。〔十月二十五日の〕長崎〔県の〕空襲〔目標は大村の第二十一海軍航空廠〕時には全力で上がりましたが、索敵不充分で会敵しなかった。

比島（フィリピン）進出の内命は大刀洗で受けました。急な命令で、もう日にちがない。

柏に帰って、翼の〔マウザー〕二〇ミリ機関砲を〔一式〕一二・七ミリ（ホ一〇三）に換装。二〇ミリの場合、片砲が故障で止まると、射撃時に〔もう片砲の反動で〕飛行しにくいからです。十一月上旬にB－29が〔関東上空へ〕偵察に来たため、邀撃《ようげき》待機で出発が十一日に延びた」

著「部隊の編制内容を教えて下さい」

川「飛行隊編制だったのが、比島へ出る前にまた三個中隊に分けられました」

著「便宜上の区分ですね？」

川「そうでしょう。私が二中隊長を命じられたのはこのときです。五十三期の飛行隊長・白石〔則夫〕大尉〔重爆転科〕が一中隊長、五十四期の富部《ふべ》〔誠之〕大尉が三中隊長。ベテランの小宅《おやけ》〔光男〕中尉が、戦地行きの技倆《ぎりょう》がない者をまとめる残置隊長に指名された」

グラマンには分が悪い

著「比島へのコースは？」

川「熱海上空にかかるあたりで戦隊長が落下傘降下〔エンジンから発火〕し、私が着水地点へ船を誘導しましたが、この間に一中隊と三中隊は先に新田原へ向かい、二中隊は明野で燃料補給して那覇へ。次の台湾の屏東《へいとう》に降りるとき事故で、一人が頭を打って記憶喪失、もう一人が片眼失明。ただし三式戦は頑丈だから、不時着そのものはやりやすい飛行機です。

マニラ空襲の艦上攻撃機／爆撃機の上空を掩護し、警戒するF6F－5「ヘルキャット」。三式戦にとってかなりな難敵だった。

〔ルソン島の〕アンヘレス西〔飛行場〕までは〔九七式〕重爆〔撃機〕の先導です。戦隊長はこの重爆に便乗していて、以後、比島にいるあいだは一度も空戦に出なかった」

著「三一機のアンヘレス着は十一月十八日だから、もう苦戦のころですね。途中で敵機は出ませんでしたか」

川「そう思って、私と富部さんの中隊は重爆を無視して、臨戦の戦闘隊形で飛んだ。白石さんは〔重〕爆転〔科〕なので、重爆にくっついて行きました。アンヘレスに降りてから白石大尉に、重爆からの離脱をさんざん叱られましたよ（笑）。

　十八戦隊の目的はレイテ島奪回、ということだった。降下部隊や特攻の富嶽《ふがく》隊の掩護も任務です」

著「川村さんの初交戦は？」

川「十一月二十四日かな（二十五日）、払暁《ふつぎょう》に敵襲の情報で、一一〇機あまりの可動全力出動。マニラ付近の上空で待機中、朝日が昇りかけた空に機影が見えた。初めは友軍機に思えたが、グラマン〔F6F「ヘルキャット」〕（空母「エセックス」に搭載の第4戦闘飛行隊所属機）です。機関砲の装塡、落下タンク投下、戦闘隊形を整えるうちに、第一撃の先手を取られて何機か落とされ、戦死者も出た。

すぐに準備成って、対戦です。私の二中隊にかかってきたのを、左後方にいた富部さんの三中隊がカバーしてくれた。中隊ごとに動きましたが、敵はザーッと攻撃してすぐにいなくなった。部下の多くは飛行場へ着陸にかかっていて、寄ってきた僚機は二～三機だけ。そのうち一機が『燃料なし』を指信号で示して降りていき、急旋回を打ちました」

著「F6Fに捕まったんですか」

川「二機に追われている。私は出水《でみず》曹長と降下して、一機を捕捉しかけたら、もう一機がじゃまに入って攻撃しきれません。ただくっついているだけの自分の僚機とは大違い。無線機の違いもあるんでしょうが。こっちのは聞こえたり聞こえなかったりで、戦闘機との空戦時にアテになんかできない。やむなくかなり遠距離で撃って、捕まっていた機を助けて着陸した」

11月末、アンヘレス西飛行場端の粗末なピスト（控え所）で休む進級直前の川村春雄中尉。フィリピン航空戦はすでに末期に入りかけていた。

アンヘレスで整備兵が三式戦一型を発動させる。1100馬力の重い旧式エンジンでは、米戦闘機と戦うのに無理があった。

著「三式戦対F6Fの感想はいかがでしょう」

川「態勢がよければやれるでしょうが、速度、上昇力、火力が劣るから、全般に不利ですね。捕虜〔のF6Fパイロット〕に聞いたら『三式戦を見ると、しめた、負けない、と思う』と答えました。

この日の午後に、富嶽隊（アンヘレスの北のマルコットから三機が発進）掩護《えんご》に上がった。出動準備ができたのは五機のみ。富嶽隊〔の特攻用四式重爆撃機「飛龍」〕の発進に合わせて、白石大尉、新居《にいい》〔梅雄〕軍曹、富部大尉の三機が離陸した直後に、F6F（第4戦闘飛行隊所属機）が六機、右方向から入ってきましてね。私は滑走中の機の行き脚《あし》を止め、高野軍曹は発進中止です。

敵の四機は、離陸していた三機を襲いました。白石大尉は第一旋回中に攻撃されて墜落。二機にかかられた富部大尉は〔こちらの高度が低くて不利な〕低位戦で、落下タンクを付けたまま射撃を二〜三度回避したが、とうとうやられた。この間に新居機は超低空を離脱して、となりの飛行場に着陸したんです。

Ｆ６Ｆ二機が地上のわれわれの機へ向かってきたので、〔自動開傘の環を外さず〕あわてて操縦席から出て、二人とも落下傘が開いてしまった。どちらもケガはなかったが、乗機は燃やされました。ロクナナ〔略号キ六七から取った四式重の別称〕は敵機に追われず帰還したはずです。別の機を用意して、私だけで出るつもりだったが、取りやめに決まった。夜、朝と午後の戦死者を荼毘《だび》に付しました」

著「富嶽隊の掩護はこのときだけ？」

川「もう一度〔十一月三十日と思われる〕、数機で掩護したが、燃料いっぱい飛んで敵を発見できずにもどりました。慣れない洋上飛行は心細いですね。富嶽隊の隊長の西尾〔常三郎〕少佐はもう戦死して、最先任が同期の根本〔基夫大尉〕なのは知っていた。

このとき呆《あき》れたのは、四式重の上昇に三式戦がついていけなかったこと。こちらも〔容量二〇〇リットルの〕落下タンクを二本付けてるけど、相手は重装備〔八〇〇キロ爆弾二発〕の大がらな爆撃機なんですよ」

どこでも常に率先出撃

著「大尉進級の翌日の十二月二日に、ネグロス島へ移っていますね」

川「可動全力の二〇機で行った。離陸時、機体が重いうえに滑走路が悪くて、なかなか浮揚せず、田中伍長がこのために殉職しました。ネグロス北部のバコロドは爆撃で穴だらけ。毎日のように〔四発重爆の〕B－24が護衛なしで来て、まず試爆し、あらためてコースを取り直す、なめきった飛び方で空襲をかけていく。邀撃《ようげき》は任務外なので上がらずにいたが、そのうちに何回か攻撃した。ただし撃墜戦果はなし。ぶつけるか、と言い出す者もいました」

著「十八戦隊の役目はなんですか」

川「戦隊の本務は、ブラウエン、サンパブロなどレイテの飛行場奪回をめざす空挺部隊の掩《えん》護《ご》です。十二月六日、アンヘレスを発した〔百式〕輸送機に、バコロドから出て合流し、日没後二〇分に降下の予定だった。私以下七～八機は、五十四期の矢野〔武文〕飛行隊長（大尉）が指揮する五十五戦隊の三式戦についていく手はずなのに、向こうが十八戦隊の後ろにくっつこうとします。実は矢野大尉が出られず私が最先任になっていたのを、聞かされてなかった。

近道をとってブラウエン近辺まで飛んだんです。燃料はギリギリで、空戦をやれば帰れない。そのときは不時着の予定だった。もう暗くなっていて、空挺部隊の輸送機とも合流できず、バコロドに夜間着陸。行方不明機は出るし、不なれな地での悪条件の降着で飛行機は壊れるし、成果なく戦力が減っていく。

一次降下はうまく降りました。翌日、降下部隊を励ますために、ブラウエン、サンパブロ飛行場の上空を一個小隊で飛びまわれ、との命令です。三人選んで、ひどい雨のなかをまず私が離陸。二機目はぬかるみで脚を折り、三機目は失速して失敗、四機目は発進をやめさせた。単機でブラウエンへ向かいましたが、雲に阻まれてもどり、着陸時に脚を取られて引っくり返ってしまった。

ほかに、船団掩護もやりました。しかし一～二機出すと、多数の敵に食われて未帰還です。もどれるのは三機に一機ぐらい」

著「機材の補給はありました？」

川「ぽつり、ぽつりとね。輸送機に便乗して、部下とアンヘレスへ三式戦を取りにいきました。もともとここで〔第〕四〔飛行〕師団の指揮を受けていたので、師団の参謀が『〔第二飛行師団の管轄の〕バコロドへ帰るのを待て。向こうでは動きが取れんぞ』と言われ、マニラの夜間防空とミンドロ拠点攻撃にまわされた」

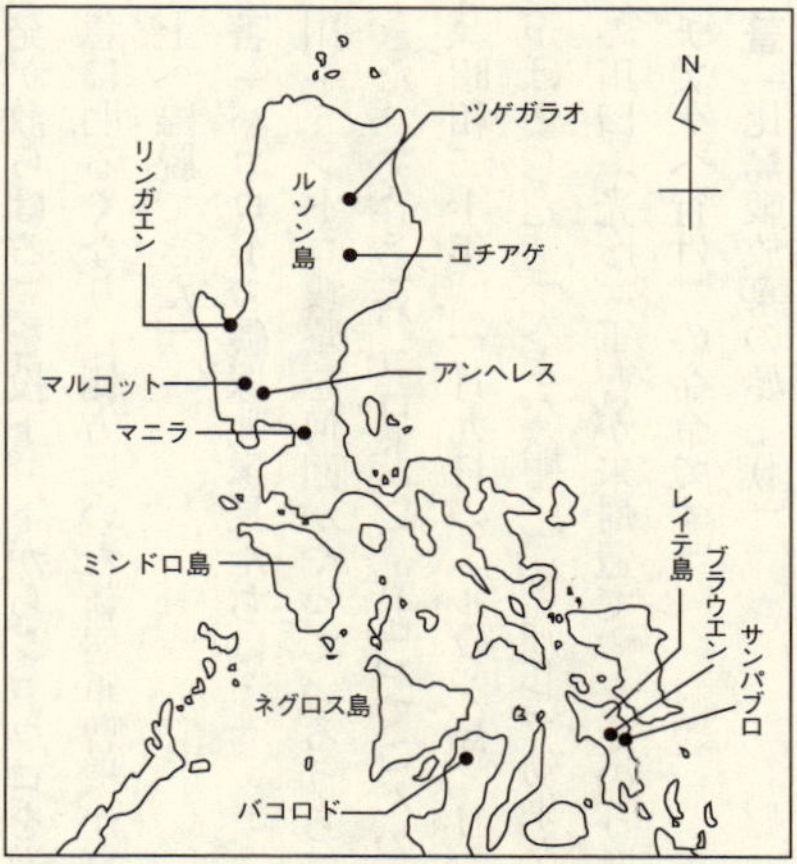

著「米軍のミンドロ島上陸は十二月十五日だから、比島航空戦の最末期ですね」

川「そうです、制空権はないに等しい。ミンドロ攻撃も夜間。途中で編隊を解散し、単機で突っこんで〔五〇キロの〕タ弾（落下中にコンテナが割れて、内蔵の〇・七キロの小型爆弾七六発が散らばる〕を投下。下からジョウロを逆《さか》さにしたように、曳光弾が噴き上がってきます。急に明るくなり、側方にいた新居軍曹機が真っ赤に燃えて落ちていく。私も被弾したが、海上へ離脱できた」

著「バコロドの磯塚戦隊長たちは？」

川「ミンドロ攻撃を何回かやっているうちに、地上勤務者の幹部を連れて、輸送機でやってきた。『なぜ〔バコロドに〕もどってこんのか』と叱られましたよ。〔昭和二十年〕一月九日の〔ルソン島〕リンガエンへの敵上陸後、湾内の艦船に夕弾攻撃をかけました。〔大きな船に〕夕弾じゃ効果なんかないが、命令なので。初日に〔私の〕中隊の川口〔光彦〕軍曹が未帰還です。そのうちに『可動機はリンガエンを攻撃後、そのままエチアゲへ行け』の命令です」

著「比島戦放棄の始まり」

川「それまでまったく作戦出動しなかった戦隊長は、このときだけ三式戦で出た。副官を胴体内に乗せて、直接エチアゲへ向かったが、天候不良でもどってきました。ほかに、機付兵を乗せた出水曹長機が、密雲のため山を越えられず胴体着陸。珍しく親日的な住民に歓迎されて鶏料理をごちそうになり、友軍のトラックで帰ってきた。

エチアゲまで戦隊長と副官は〔第〕二十二飛行団の車に便乗し、われわれは敵襲を避けて夜だけ歩いた。エチアゲは飛行場の機能を失っていたので、さらに北のツゲガラオへ。到着後、司令部へ行って申告したら、空中勤務者の台湾転進を伝えられました。私が重爆で〔台湾の〕台中に着いて、〔飛行第〕十九戦隊の飛行隊長を命じられたのが二月十一日。ところが、十六日に関東が艦載機（空母搭載機）の空襲を受けて、〔関東防空の第〕十〔飛行〕師団が十八戦隊の再建をもくろんだのか、私にだけ柏への帰還命令が出た。部下を十九戦隊に残して、重爆に乗って台北経由で内地へ向かったんです」

やっぱり空冷がいい

川「柏に着いたのは東京大空襲の前日、三月九日です。残置隊次席の角田《すみた》〔政司〕中尉が喜んでくれました。戦隊長と副官、整備隊長（航士同期の岡部梅高大尉）は先に到着していた」

著「帰還後は飛行隊長兼一中隊長、と部下だった方から聞きましたが」

川「そうだったと思います。二中隊長が小宅中尉（六月に大尉）。七月に竹村〔鉉二《しょうじ》〕さん（大尉）が来て飛行隊長を交代しました」

著「五式戦は？」

川「もう来ていた。角田中尉（六月に大尉）たちが福生で未修したんです。

三式戦よりも軽い。地上滑走中に、もうそれが分かる。飛んでみると、九七戦を大きくした感じ。ぴったりくると言いますか。それと、空冷なので非常な安心感を抱きました」

著「米軍機に対してはどうですか？」

20年３月の柏飛行場で、航空審査部戦闘隊から十八戦隊が受領した五式一型戦闘機（左）と他部隊の四式戦闘機が翼を並べる。手前でくつろぐのは学鷲の東内少尉。

川「帰って一ヵ月ほどして〔航空審査部の〕黒江〔保彦〕さん〔少佐〕が、〔捕獲した〕P-51〔C型「マスタング」戦闘機〕を巡回訓練で持ってきて、私は五式戦で上がった。模擬空戦をやってみて〔こちらの高度が高く有利な〕高位戦なら対抗可能と思いましたが、あとで黒江さんたちから『P-51は全力を出してない。八割方だ』『深追い禁物。低空からの上昇〔力〕がいいから、逆転されるぞ』と注意を受けた。

　来襲したP-51とは手合わせしていない。終戦近くに〔千葉県〕松戸〔六月に柏から移駐〕近くへ飛んできたときは、内陸方向へ離脱して助かりました。五月下旬の大空襲の夜間邀撃は、三式戦か五式戦かはっきり記憶していません」

著「間違いなく五式戦で出撃した空戦はいつでしょうか」

川「八月一日の〔東京都〕立川〔目標は八王子市街〕への夜間空襲のときですね。十八戦隊からかなりの機数が出ましたよ。

照空灯に捕まっている、白煙を引いたB-29を追撃した。速度が落ちているのでグッと近づくと、銃座から撃ってきました。下方にもぐったらなにか落としたから、左へずらして避《よ》けた。敵の射撃がひどく、命中弾のショックを感じて『やられたっ』と。目をつぶってすり抜けようとしたとき、差し違えのような激しい衝撃を受けたんです。

瞬間、失神し、気付いたときは落下傘降下中でした。戦隊の記録では、二日の午前一時四十分に体当たりとなっています。あとで黒田〔武文〕戦隊長〔少佐。七月に磯塚少佐と交代〕に話すと『落下傘降下の経験者は、無意識に〔機外への脱出を〕やるそうだぞ』と言われました」

著「よろしければ川村さんの個人戦果を教えて下さい」

川「比島では撃墜はありません。夜間のB－29との交戦で、何回か有効な攻撃をかけている。これが撃墜破と記録されました。三機撃墜ということですが、最期を確認したわけではないので、厳密には撃破でしょう」

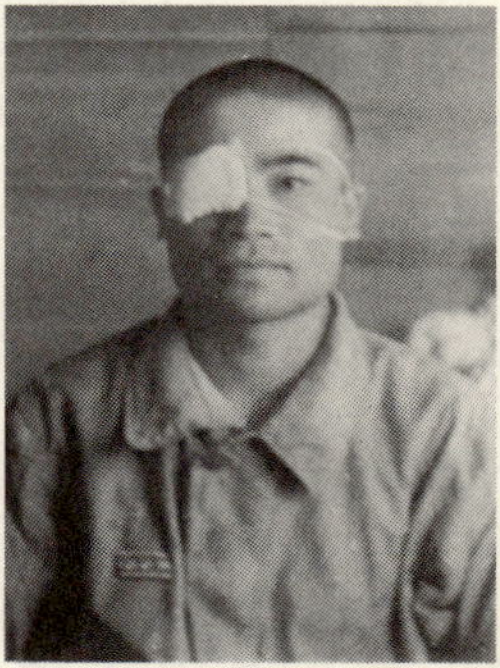

B－29と衝突のさいの負傷に眼帯を付けた川村大尉。

　戦後は教育者の道を歩んだ川村さんは、イデオロギー的な誤解を避けるため、あえて戦時中の体験を語らないで来た。著者が面談したときは退職後一～二年たっており、詳細に語ったのは初めてとのことだった。

その後、戦友、敵兵の菩提《ぼだい》を弔《とむら》うため仏像を彫り続けた、と伝え聞いた。誠実かつ的確、いささかの誇張も感じられない話しぶりが脳裡《のうり》に浮かんでくる。

常陸《ひたち》教導飛行師団と天誅《てんちゅう》戦隊
——明野本校とは異なる存在感

陸軍将校の本流は士官候補生出身者だ。その士官候補生として士官学校／航空士官学校で鍛えられ卒業した、陸軍の将校戦闘機操縦者（実戦に参加した最後の卒業生・第五十七期の一部を除く）は誰もが、基本操縦教育を終えた乙種学生として、戦技教育の実施学校である明野陸軍飛行学校の門をくぐっている。

当初から戦闘分科の操縦者なら、実戦部隊に配属されたのち、指揮官（中隊長）要員の甲種学生を命じられてふたたび明野へもどるケースが多いし、他機種からの転科や、地上兵科からの航空転科の場合も、戦闘機の操縦訓練、あるいは甲種学生の教育を受けるため、明野に入校する。

すなわち明野飛行学校は、陸軍戦闘機部隊の幹部たちのふるさとであった。

水戸の分校の役割とは

明野飛校には、教育のほかにもう一つ、戦闘技術の開発・普及という任務が課せられていた。太平洋戦争初期までの単機格闘戦や三機編隊行動はもとより、戦争中期以降の二機・二機を軸とするロッテ戦法と呼ばれた、ドイツで始まり英米が追随した本格編隊機動などは、明野から実戦部隊へ広がっていったのだ。

しかし、戦局が傾きだし、戦闘機の超重点整備方針が決定された昭和十八年（一九四三年）なかば以降、急激に錬成要員が増えたため、戦闘技術の研究・開発に余力を割《さ》きがたくなった。半面、この年の春から米軍の新型超重爆ボーイングB－29の情報が入り始め、本土空襲が懸念されて、それまでおざなりにしていた防空戦闘の研究と教育にも力を入れねばならない。

もはや、戦闘機に関する種々の教育、研究、開発任務について、明野一校での処理は不可能だった。そこで十八年四月ごろに、分校を新設して、防空戦闘と遠距離戦闘の研究を受けもたせる方針が内定。開設の場所には、まず仙台・岩沼の第百十一教育飛行連隊の跡地が候補にあがったが、使用機の主体を占めるであろう重戦闘機を使うには狭く、拡張も難しいと判断された。

陸軍航空の教育のトップ機構である航空総監部のなかで、戦闘隊の教育責任者だったノモンハン以来の歴戦パイロット・檮原秀見《ゆすはらひでみ》中佐は、仙台の代わりに茨城県水戸東飛行場（前渡《まえわたり》飛行場）を候補にあげた。二〇〇〇メートルの滑走路があり、さらに延ばすのも可能なうえ、いざとなれば東京防空に参加可能な距離にあるからだ。

ここには、下士官の機上射撃、爆撃、武装の教育を担当する水戸飛行学校があり、隣接する南飛行場に、機上通信と地上通信を教える航空通信学校が置かれていた。結局、水戸飛行学校に仙台へ移ってもらう案が決まり、十八年八月一日付で明野飛校の分校が水戸に設けられるにいたった。分校長を命じられたのは、第五飛行師団の参謀長を務めていた三好康之少将である。

水戸の明野飛行学校分校に建てられた木造の戦闘指揮所。屋上に監視哨が設けてある。

明野飛行学校分校の主任務とされた、防空戦闘の研究教育課題は、大きく分けて夜間戦闘と高高度戦闘の二つだった。

夜間戦闘研究班は当初、ベテラン長縄《ながなわ》勝巳《かつみ》少佐が一人できりまわしていたが、十一月下旬に明野本校の教官だった有滝孝之助大尉が着任。

有滝大尉は水戸の分校で、戦闘機としては大型かつ鈍重なので「見るのもいやな」二式複座戦闘機「屠龍《とりゅう》」に乗って、暗夜および月明時の敵機識別可能距離の判定、斜め装備の上向き砲による照空灯内の敵機の攻撃法や、自機が照射された場合の目のくらみ方など、各種データの収集を続けた。また、試作のジャイロ式人工水平儀を取り付けた一式戦闘機「隼」で、地上の灯火や照明を全部消した滑走路に、主翼の前照灯だけで降着を試みてもいる。

戦闘隊を扱うのは初めての整備兵に、迅速な始動や機内の清掃を注意したり、籾《もみ》のまじった飯を出されて、教育を受ける甲、乙種学生の中に虫垂炎を発症する者が出るなど、新組織のスタートに付きもののゴタゴタも、しだいに目立たなくなった。

十九年五月には長縄少佐が飛行第七十戦隊長として転出し、二式複戦装備の二十一戦隊長だった牟田弘国少佐に替わる。ここへ、水戸で甲種学生を終えた高橋文男大尉が加わって、第一班長・有滝大尉、第二班長・高橋大尉の二個班編制に変わり、操縦者も最終的に将校六名、下士官八名の一四名にまで増えていく。

高高度戦闘研究班が作られたのは夜戦の方よりも遅く、十九年初夏のころともいわれる。ビルマ、フィリピンで戦ったのち、満州の白城子《はくじょうし》陸軍飛行学校で航法を学んできた高杉景自《けいじ》大尉を長とし、早乙女《さおとめ》栄作少尉、岡田直祐准尉らがメンバーになった。同研究班は九七式戦闘機から四式戦闘機「疾風」までの制式機六種に、百式司令部偵察機とこれに機関砲を付けた武装司偵を用い、高高度での飛行および射撃特性を調査した。

このほか、進攻用の遠距離戦闘についてはまとまった班はできず、甲種学生が洋上飛行や夜間飛行に携わった程度だった。もともと付け足し的な項目なのに加え、劣勢の顕著化が進む十九年以降は、あらたに遠距離戦闘の技術を追究する意味と必要性がなくなっていたからだろう。

新設師団はこれほど多忙

十九年六月なかばの米軍のサイパン島上陸とB－29北九州初爆撃により、本土防衛の手段確立の声がにわかに高まった。すでに手持ち戦力の大半を外地に送り出していた陸軍（海軍も同じ）は、防空用の即戦力を得るべく、航空実施学校を改編し実戦任務を兼ねる教導飛行師団を作る策を決めた。六校、七ヵ所（うち一校は整備）の実施学校には、一定以上の技倆を有する教育担当の教官、助教が相当数おり、多数の機材を装備していたからだ。

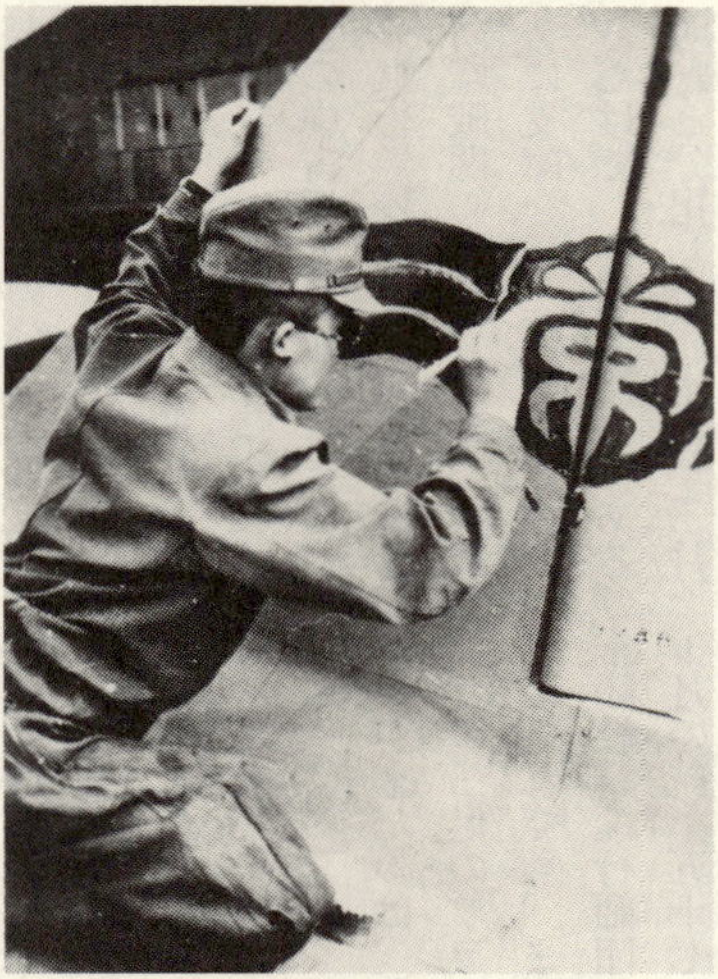
常陸教導飛行師団に改編され、九七式戦闘機の垂直尾翼に新マークを赤と白で塗る。達者な描き手は乙種学生の牧野駿少尉だ。

　こうして六月二十日付で、明野飛行学校は明野教導飛行師団へと変わり、水戸の分校は独立して常陸教導飛行師団に変わった。歯切れのいい「常陸」の名称を案出したのは、分校設置とともに先任教官に任命された檮原中佐である。

明野、常陸両教導飛行師団の装備機数は、旧式の九七戦を除いて、七月十日の時点で四一五機。そのうち可動は二三六機で、これだけでも五個戦隊に等しい機数だが、実戦には不向きの中古機も少なからずあった。

飛行学校の軍隊化で最もしわ寄せが来たのは、人手を要する将校操縦者の教育任務である。防空戦闘の研究、教育、実戦参加と〝三足のワラジ〟をはかされては、大量養成をめざす態勢に支障をきたすのは当然だった。それでも、まだB－29は大陸奥地から北九州を襲っているだけで、本州は無傷である。常陸教導飛行師団は実際に出撃するわけではなかったから、明野と分担した、十九年三月～十月の航士五十七期卒業者の乙種学生教育は、一応とどこおりなく終えられた（甲種学生の教育は明野が担当）。

常陸教飛師の教官、助教で構成された実戦用戦闘隊は、常陸陸軍飛行部隊と言い、戦闘時に命令を与える第十飛行師団からは常陸飛行隊と呼ばれた。その戦力は一式戦二個隊、三式戦「飛燕」一個隊からなる昼間用の第一飛行隊と、二式複戦一個隊による夜間用の第二飛行隊で、一個隊は中隊（定数一二～一六機）とほぼ同規模だった。のちに明野へ転出し、対B－29体当たり戦死をとげる広瀬吉雄少佐が第一飛行隊長、夜間研究班をひきいた牟田少佐が第二飛行隊長を務めた。

常陸教飛師の任務は多岐《たき》にわたった。それまでの対戦闘機を主とした戦闘訓練は、B－29の来襲に備えて対爆撃機に切り替えられ、一式戦の一個隊の長になった高杉大尉は、高高度戦闘研究班長を兼務する立場から、集まってきた超重爆の資料をもとに、東京防空の研究を進めた。

常陸飛行部隊・第一飛行隊で作戦用に使われた三式一型戦闘機丁「飛燕」。教官の香坂清中尉が操縦して発進にかかる。

教育の方では、九月下旬から航空転科の陸士五十七期卒業者の乙学課程を、水戸飛行場では手狭なので、秋田県能代《のしろ》飛行場で実施した。彼らは航空士官学校で、複葉の九五式中間練習機を使わず、いきなり低翼単葉の九九式高等練習機から始める、異例の基本操縦教育を受けながらも、同乗わずか九時間で単独飛行に移った手塚博文少尉をはじめ、その意気は高かった。

十月十八日の捷一号作戦発動でフィリピン決戦が幕を開けるとすぐ、高杉大尉を長として一式戦十数機の比島空輸を請けおった。福岡県雁ノ巣～沖縄～台湾を経由してルソン島クラークへ行く予定だったが、徳之島をすぎたあたりで日が沈み、編隊がくず

水戸東飛行場の格納庫から駐機場の二式複座戦闘機「屠龍」のラインを見る。

れて、高杉大尉ら四機は沖縄・小禄、残る早乙女中尉（八月に進級）らは伊江島に降着。夜間設備がまったくない伊江島飛行場に、主翼の前照灯を頼りに着陸したけれども、砂地の滑走路に脚をとられて大半が壊れ、目測を誤った佐藤精一少尉が前の機に衝突、死亡し、整備兵も事故にまきこまれた。

十一月一日、関東上空にB－29の偵察機型のF－13が侵入。日本機には性能限界の高度一万メートルの超高空を、平然と単機で飛ぶ銀の機影は、マリアナ諸島からの本格爆撃の始まりを予告した。

数日後、高杉大尉、早乙女中尉らの二式戦六機がF－13を追撃し、捕捉できなかった事態が、高高度飛行の研究に拍車をかけた。地上にいるときから濃い酸素を充分に使用して、操縦判断力の低下を防ぎ、高空での編隊飛行を可能にする「体内窒素《ちっそ》洗い出し法」の実験がそれで、高度九五〇〇メートルでも二式戦二型による編隊を維持できた。

明野分校当時からの主任務の一つ、二式複戦の未修教育（操縦訓練）は続けられていて、北島栄一少佐、小沢大蔵中尉らが、学鷲と呼ばれた特別操縦見習士官の一期生（十月に少尉）に手ほどきした。のちに小沢中尉は、常陸教飛師の担当で編成された一二の対艦船特攻隊の一つ、二十年三月上旬に編成完結の第二十四振武隊の隊長として、四月二十九日に二式複戦で沖縄周辺の海域へ発進していく。

また十一月四日には、能代で地上転科の陸士五十七期に九七戦を教えていた栗原恭一《きよういち》中尉のもとに、第二「八紘」隊（フィリピンで一宇隊と改称）隊長に命ず、の電報が届けられた。栗原中尉は「しめた、こうこなくちゃウソだ！　お先に行くぜ」の言葉を残して、九九式襲撃機で水戸にもどり、常陸教飛師による特攻編成の先駆けを務めた。

十一月二十四日、B－29群の東京空襲が始まる。実戦に用いうる常陸飛行部隊は、関東防空を受け持つ第十飛行師団戦力の一翼を担って出動し、高高度での身動きがとれない苦しい邀撃《ようげき》戦を味わわされた。

そこで、高空性能がいい百式司偵三型の機首に三七ミリのホ二〇三機関砲を装備し、九五オクタンの〝超高級〟燃料を積んだ、特製の武装司偵の試飛行を、石端良一郎中尉が担当。甲種学生を終えて常陸に残った津川二郎大尉が、タ弾（空対空爆弾）やロ弾（ロケット弾）の研究演習に参加するなど、必墜兵器の実現に力をこめたが、期待するほどの成果は得られなかった。

ふだんの性格は穏やかな超ベテラン操縦者の黒野正二大尉。

常陸教飛師の任務には特殊兵器の研究もあり、津川大尉は爆弾を海面でスキップさせ敵艦の舷側にぶつける、跳飛爆撃の演習・指導にも加わっている。

B-29はその後、十一月二十七日、三十日未明と東京へ来襲。日本側の邀撃は天候不良のため未遂に終わったが、十二月三日には常陸飛行隊も若干の戦果を記録した。同隊のB-29撃墜第一号は、老練・黒野正二大尉が一式戦で果たしたといわれる。

十二月上旬のうちに数名が特攻隊員に選ばれた。これは第十飛行師団長の要望による、対B-29空対空体当たり隊のことと思われる。ただし、実際の特攻出動には至らなかったようで、一月十日には解散を命じられた。

B-29を襲い、F6Fに襲われる

十二月初め、夜間戦闘研究班の有滝大尉は、ロケット戦闘機「秋水」を担当するため、東京・福生《ふつさ》の航空審査部へ転出。入れ替わるように、東京防空の有力部隊である飛行第四十七戦隊と第二百四十四戦隊から、それぞれ真崎康郎《やすろう》大尉と小松豊久大尉が着任する。

真崎大尉は四式戦、小松大尉はキ一〇〇（のちの五式戦闘機）の未修をすでに審査部で終

えた、実戦部隊の中隊長であり、両新鋭機が今後の常陸飛行隊の主力に決まるのを見こして、転属が手配されたものと思われる。二十年二月に五式戦闘機として制式化されるキ一〇〇は、三式戦の液冷エンジンを空冷にすげ換えた、予想外の優秀機だった。

　両大尉の着任からまもなくの十二月十三日、二度目のフィリピン空輸が実行された。浅田一佳男《ひかお》大尉、鶴田茂大尉、本多恵一中尉、それに真崎大尉が長の、第一〜第四編隊に分かれた二式戦闘機「鍾馗《しょうき》」一六機（二百四十六戦隊用）のうち、空輸指揮官の浅田大尉は台湾・屏東へ向かう途中の十七日、天候不良で行方不明。ほかに中井良正少尉らの犠牲が出て、一回目の空輸時と同じく、予想外の出血を強《し》いられた。

　このあと、B-29による関東来攻の本格化とともに、常陸教飛師の任務は防空が主体に変わり、実戦用の常陸飛行部隊は年末から翌二十年初めにかけて内容を整え直して、二個教導飛行隊に改編・増強された。

　牟田少佐が率いる主力の第一教導飛行隊は、一式戦二個中隊（長・高杉大尉と高橋大尉）、三式戦一個中隊（長・小松大尉）、四式戦一個中隊（長・真崎大尉）の四個中隊編制をとった。中隊長はいずれも、次期戦隊長要員の航士および陸士（高橋大尉）五十四期卒業者である。ただし、中隊の区分はさほどはっきりしておらず、あくまで目安的なものだった。

　組織と機材における実戦態勢の強化にともない、戦闘研究班は先細りから解消へと移っていく。

始動車の回転軸が四式戦闘機甲「疾風」のハ四五エンジンを回す。人力ではだめな場合でも故障でなければ一発でかかった。

各中隊は、一月から二月にかけての対B-29高高度邀撃戦に毎回出動。教官任務のかたわら、上がるたびに撃墜破を持ち帰る黒野大尉、敵の往路と復路に一撃ずつかけ、同一機のエンジン三基を止めた高杉大尉など、個人戦果も記録されたが、多くは協同戦果で、飛行部隊全体で六機を撃墜し、薦被《こもかぶ》りの清酒をもらった交戦もあった。

しかし、高度九〇〇〇メートル以上への上昇、待機は、排気タービン過給機を持たない日本機にとって精いっぱい。「ひょろひょろして待つ。一撃しかかけられない」と高橋大尉が語るように、よほど好位置にいなければ有効弾を与えられなかった。

有滝大尉の転出で夜戦研究班が消えたあと、訓練を主とする第二教導飛行隊に属し、すでに補助機材と化していた二式複戦も、引き続き少数機が邀撃戦に参加。「葉隠《はがくれ》」を愛読し、かねて体当たりを決意していた小林雄一軍曹は一月二十七日、少年飛行兵で四期後輩（十四期）の鯉淵《こいぶち》夏夫兵長を後方席に乗せて、千葉県船橋の上空でB－29一三機編隊に挑んだ。常陸教飛師で唯一の体当たり撃墜を果たして散華した二人に、防衛総司令官名で感状が授与されている。

二月十日、鹿島灘から侵入したB－29を、やはり少数派の二式戦で早乙女中尉が撃破した機に対し、二式複戦による前方攻撃を加えたのは、なんと特攻・第二十四振武隊長に発令ずみの小沢中尉だった。彼はそのあと右てのひらに被弾し、左手だけで複戦を操って、みごとな胴体着陸で生還した。

だが複戦の利点は、変則攻撃用の二〇ミリ上向《うわむ》き砲と、一弾が当たれば威力大の三七ミリ砲しかない。鈍重な機による高高度邀撃には、無理があった。軽量化のため後方席をカラにして出た石端中尉は、二機に煙を吐かせたけれども、追いついて致命傷を与えられず、以後四式戦に切りかえた。

それまでB－29だけを相手にしていた防空部隊が、一転、対戦闘機戦にまきこまれたのが、米艦上機群が来襲した二月十六日である。

この日の未明、常陸教飛師では二度の非常呼集があったが、出動準備をしないまま朝を迎えた。那珂湊《なかみなと》と平磯に分宿していた教官たちが朝食を終え、迎えのバスやトラックに乗りこんだ午前七時半ごろ、敵の第一波が房総半島をさかのぼって、千葉、茨城の飛行場を襲撃。

バスで到着した真崎大尉は、グラマンF6F多数機による格納庫へのロケット弾攻撃が終わるのを待って、飛行服に着がえピスト（待機所）へ走る。敵第一波が去ったあと、各所で機材が炎上し、地上で負傷した隊員が担架で運ばれていた。

即時待機の警急隊・高杉大尉以下の一式戦四機は、すでに発進していた。霞ヶ浦の上空でF6F群と交戦に入る。敵は数が多いうえに運動性がよく、上空から新手《あらて》にかぶさられるなどで有効な攻撃はできず、空襲中の水戸を避けて埼玉県の高萩飛行場に着陸。高萩からさらに二回出撃したが、敵編隊の重層配備にはばまれて先手を取れなかった。

生え抜きの防空戦闘機パイロット・真崎大尉は、混乱の水戸飛行場で一式戦、二式戦、四式戦の混成一二機ほどをかき集める。四式戦に搭乗して空中指揮をとり、霞ヶ浦上空で下方のF6F編隊との空戦に移った。二撃目をかけて上昇中に、上空にいた敵の直掩《ちょくえん》編隊の射弾をエンジンに浴び、プロペラが止まった乗機で雲を突きぬけて、利根川に不時着した。

まっ先に発進した森川義雄少尉、夜戦班で二式複戦に乗っていた尾崎喜一軍曹は、どちら

冬季の第一教導飛行隊の中隊ピスト(控え所)。平時なので、待機する操縦者、電話連絡の地上勤務者など動きが少ない。

も一式戦で戦い、敵弾に倒れた。

この日、常陸の戦闘機は栃木県北部の那須野飛行場へ避退し、翌十七日にはここから黒野大尉、早乙女中尉、梅崎武兵衛少尉ら四機が一式戦で邀撃に出動。

水戸飛行場上空でF6F二機を前下方の絶好位置に捕捉したのに、早乙女中尉機の機関砲が故障で発射不能。逆に敵が後方へまわりこんだが、奇妙にも撃ちかけてこず、翼を振って飛び去った。おそらく、攻撃しなかった中尉へのお返しだったのだろう。

それにも増して彼を驚かしたのは、落下タンクを付けたまま飛んでいたグラマンの姿だ。燃料不足への不安と、日本戦闘機に対する優越感が、あえて飛行性能の低下を受け入れさせたと思われる。

いったん那須野に帰還ののち、黒野機と早乙女機が再度発進し、松戸上空でふたたびF6Fとわたり合った。早乙女中尉は一機に命中弾を与えたが、被弾で滑油がもれたため、海軍の谷田部航空隊基地に不時着。一回目の出動で二機を落としていた辣腕《らつわん》・黒野大尉は、さらに一機の撃墜を戦果に加えた。

とはいえ、前日に受けた打撃が尾をひいて、十七日の常陸教戦闘は全体にふるわなかった。二日間の艦上機初来襲で、日本側は完全に押され、常陸教飛師だけでも十六日に五〇名の空中勤務者および地上勤務者が戦死したという。

６月25日、新田飛行場で天誅戦隊・第一中隊の四式戦が特攻隊掩護の離陸へ向かう。先頭の762号機に隊長・真崎康郎大尉、左遠方の62号機には小隊長・鶴田茂大尉が乗っている。

天誅戦隊、生まれる

その後、Ｂ－29や再度来襲の艦上機に対する邀撃を続けながら、常陸教飛師は危険度が高い沿岸部の水戸飛行場を離れ、那須野の東の金丸原《かねまるはら》飛行場に移った。

金丸原で出会った新手は、四月七日に初見参のＰ－51Ｄ「マスタング」で、防空戦闘部隊ではこれを三式戦と誤認して、やられたケースがめだった。

常陸教導飛行隊もその例にもれなかった。二月十六日にＦ６Ｆ一機を落としていた小松剛少尉も、一式戦でＢ－29邀撃中に、同じ液冷エンジン機で外形が似ているため、「あれは三式戦」と思ったＰ－51二機に襲われて二九発を被弾。左大腿部を負傷し、神ノ池海軍基地に不時着した。

四月末、群馬県太田の西方にある新田《にった》飛行場へ再移動。金丸原まで教導飛行隊の指揮をとった牟田少佐に代わって、いったん転出してフィリピンにいた檮原中佐がもどり、ふたたび着任した。

これにともない教導飛行隊の編制も、本部小隊と四個中隊からなる戦隊形式に移行する。戦隊本部には最新鋭の五式戦四機が配備され、飛行隊長格の津川大尉（六月に少佐）が率い、小松豊久大尉が補佐役を務めた。四個中隊の隊長と使用機は、真崎大尉が四式戦、高杉大尉、高橋大尉、黒野大尉が一式戦で、一式戦は逐次五式戦に改変の予定だった。

この編制変えで、新しい部隊マークを作る意見が出され、懸賞付きで隊員からつのった結果、越田弘軍曹が「天誅」を戦隊名に、マークは「てん」の二文字を図案化、というアイディアで応じて採用され、「天誅戦隊」が発足した。「天誅」とは「天に代わって罰を下す」の意味で、米軍に神の鉄槌を加えようというわけである。

もちろん「戦隊」はあくまで便宜上で、正式な呼称ではない。それなのにニックネームとマークを作ったのは、異例のパフォーマンスと言えよう。

もう一つの名を新田飛行部隊という天誅戦隊は、機材を松林の中に隠して敵の空襲を避けつつ、錬成と邀撃を続行。五式戦の機数も少しずつ増していった。

本土決戦をひかえて戦力温存策に移行していた六月十日、B-29攻撃のため檮原中佐の指揮で五式戦と四式戦が発進、立川上空で空戦に入った。

七三〇〇メートルの高度に達した檮原中佐は、左後下方を飛ぶ敵一二機編隊を認め、進路の遮断《しやだん》をはかったけれども、B-29の優れた飛行性能のため、理想的な捕捉はかなわなかった。いささか遠い距離五〇〇メートルで射撃を開始するも、五式戦の機関砲はすぐに故障を発生。すれ違いざま左翼に被弾した檮原機は燃料が足りず、手近の熊谷飛行場に着陸した。

黒野中隊の菊池守知《もりとも》大尉（この日に進級）は五式戦でB-29を攻撃して被弾、離脱し、飛行場へ向かうところをP－51に襲われた。エンジンから発火し、翼内タンクは爆発して火災がひどく、降下の風圧でも消しきれない。操縦桿をけとばして機を旋回に入れ、その遠心力を利用して機外へ脱出、落下傘降下で地上に降り立てた。

このほか、F6Fとの空戦で高橋大尉が一機を撃墜するなど、なんどかの交戦を実施。また、特攻隊を掩護《えんご》しての払暁《ふつぎょう》攻撃の訓練を続け、七月上旬には全力出撃命令が下ったが、悪天候で中止された。

七月十八日付で常陸教飛師は廃止にいたり、実戦部隊の飛行第百十二戦隊と、教育部隊の教導飛行師団・第二教導飛行隊に分けられた。檮原中佐、津川少佐、高橋大尉、高杉大尉らは百十二戦隊へ、真崎大尉、小松大尉、黒野大尉らは第二教導飛行隊へと分かれ、常陸教導飛行師団は一三ヵ月、天誅戦隊は二ヵ月半で、応分の存在意義を示して、短い歴史を閉じたのである。

グラマン急襲！

――「大東亜決戦号」対「ヘルキャット」

四式戦をこう思う

開戦をひかえた昭和十六年（一九四一年）九月に、独立飛行第四十七中隊が編成された目的は、くるくると小回りが利く戦闘機を求めてきた日本陸軍にとって異色な、速度と火力を重視した試作重単座戦闘機・キ四四の戦力化にあった。つまり独飛四十七中隊は、異色機たるキ四四／二式戦闘機を最初に装備するために作られた実用実験部隊で、二年後の十八年十月に飛行第四十七戦隊に改編・拡大されたのちも、「二単《にたん》」「ヨンヨン」と呼んだ二式戦（通称は「鍾馗」）を使い続けた。

高速・重武装に、運動性を兼ね備えさせたのが四式戦闘機（通称は「疾風」）だ。四十七戦隊における二式戦から四式戦への機種改変は、十九年十一月下旬、初代の富士隊（旧編制の第二中隊に相当）長だった真崎康郎《やすろう》大尉が未修教育（操縦訓練）を受けに、航空審査部へ

東京郊外の成増飛行場で飛行第四十七戦隊・桜隊の出動準備が進む。四式戦闘機甲「疾風」の導入開始から間もない昭和20年１～２月に寒い時期だ。

出向いてスタートする。

この時点ですでに敗色覆いがたい状況のフィリピン決戦では、四式戦は陸軍戦闘隊の主力機材の座についていたから、すでにパリパリの新鋭機とは呼びにくかったが、内地の防空専任部隊では四十七戦隊が最初の改変装備に指定された。首都防空の重要性ゆえである。

東京・成増《なります》飛行場における機材の導入は十二月に進み出し、翌二十年一月下旬のうちに機種改変が完了した。したがって、群馬県の中島飛行機・太田製作所をねらった二月十日のボーイングB－29「スーパーフォートレス」に対する邀撃《ようげき》戦、米第58機動部隊の空母が初めて関東各地へ放った二月十六日の艦上機群との交戦には、四式戦が用いられた。

四十七戦隊の空中勤務者は、新旧の装備機の違いをどう評価したのか（旭隊は旧編制の第一中隊、桜隊は第三中隊に相当）。

斉藤（旧姓・清水）淳《すなお》さん（航空士官学校・第五十四期士官候補生。旭隊長）「二式単戦よりも四式戦のほうがよかった。落ち着いた感じの飛行特性は、私の感覚に合いました。高高度性能も二単だと四機小隊の上昇限度は九〇〇〇メートルがギリギリ、単機でも一万メートルは無理でしたが、四式ならそれぞれ九五〇〇メートルおよび一万メートルで水平飛行が可能」

野田博壽《ひろじゅ》さん（第九期乙種予備候補生。旭隊）「ヨンヨンよりハチヨン（キ八四／四式戦）が好きでした。塩梅《あんばい》が分かるまでは速度をうまく殺せず、着陸がやりにくくて気を遣《つか》うヨンヨンよりは、ハチヨンはまだしも楽。高速なのと二〇ミリ機関砲（ホ五）の利点については言うまでもありません」

吉村實《みのる》さん（第一期特別操縦見習士官。旭隊）「着速が速いヨンヨンに比べ、ハチヨンはずっと操縦が容易です。これに替わってから数日で慣れてしまった。皆、楽な飛行機と言っていましたよ」

大石正三さん（航士五十七期。富士隊）「水平巡航速度は二単のほうが〔時速で〕一五～二〇キロ速い。航続力は四式戦がずっと上で、二単だと落下タンクを付

飛行経歴は長くはないが、二式戦も四式戦も確実に乗りこなした富士隊の大石正三少尉。

けてもかないません。ただし四式戦は『両手で引け』と言われたほど昇降舵が重く、効きがいい二単と対照的」

伴了三《りょうぞう》さん（第九期甲種幹部候補生。富士隊）「四式戦は重武装、高速で力強いが、機材への信頼感が減りました。航続力が小さな二単は燃料（の残量）が気になり、四式はエンジントラブルが心配、というぐあいです」

一樂《いちらく》節雄さん（特操一期。桜隊）「二単は一〇時間ほど乗っただけで、戦闘訓練もしていませんが、飛行中ピクピク不安定なだけに舵の利きが早かった。四式戦はどっしりして乗りやすい。悪く言えば鈍重ですね」

窪添竜温《たつはる》さん（航士五十七期。桜隊）「選ぶなら四式戦です。火力が大きく、各種装備のレベルが二式戦より上だし、飛行時間が長いのがありがたい。操舵は重いんですが」

七名の回想は互いに補完し合い、おおむね四式戦を歓迎している。しかし零戦や「紫電」一一型を使っていた海軍の操縦員が、「紫電改」に搭乗して味わった性能差に対する驚き、過大とも思える手放しの賛美とはだいぶ違う。

陸軍にとっての〝紫電改〟は、真崎大尉が常陸《ひたち》教導飛行師団に転属後、四式戦との模擬空戦で「抜群。上昇力も運動性も着陸特性もはっきり上」と感じた五式戦闘機だった。

大石さん、一樂さんのように、四式戦と二式戦の飛行性能を一長一短と見なす意見もある。大石さんは戦後に三菱重工でテストパイロットを務め、ライセンス生産で完成したマッハ2

のロッキードF-104J「スターファイター」を次々に飛ばしただけあって、四十七戦隊当時から優れた操縦感覚を有し、四式戦の重さを歓迎しなかった。この点、重爆撃機から転科の斉藤さんの感想と好対照をなす。

グラマンと最初の手合わせ

海軍の戦闘機隊が宿敵視したグラマンF6F「ヘルキャット」は、陸軍戦闘隊(戦闘「機」隊とは言わない)にとっても主敵の一つだった。すでにフィリピンで四式戦とくり返し戦った米海軍の猛牛を、四十七戦隊の操縦者はこう見積もった。

「同じクラスの機だと考えていました。数の差で押されてしまう」(一樂さん)。「一対一の単機戦闘で、相手のパイロットの技倆と条件が等しければ、なんとかなるように思います。ハチヨンが少し上ではないかと」(野田さん)。「性能的にはほぼ対等、上昇力はこちらがある程度まさるという判断でした」(吉村さん)

特別な気負いも怖気《おじけ》もない、妥当な推定ではなかろうか。そして二月十六日、両主力機が干戈《かんか》を交える。

東京から二〇〇キロ南東の洋上で放たれた米艦上機群が、曇天の関東沿岸に達したのが早朝の七時ごろ。侵入時間は予知できなかったが、敵機動部隊の接近を知る日本側の対応は遅くはなかった。前日から警戒態勢に入っていた四十七戦隊は、富士隊を飛行場の上空直掩《ちょくえん》に

敵艦上機が初来襲の２月16日、初回の空戦ののち帰還し、中隊長・波多野貞一大尉（左手前）から説明を受ける桜隊員。続く出撃のため、整備兵が懸命に四式戦に取りついている。

あて、空襲警報が発令されるや旭隊、桜隊を邀撃に出動させた。

一回目の出動で旭隊は会敵し、低い雲に出入りするうちに編隊が分散した。単機のまま飛ぶ野田伍長は東京東部の上空にいて、やはり単機で飛来するカーチスＳＢ２Ｃ「ヘルダイバー」艦上爆撃機を認めた。敵もバラバラに行動しているようだった。

かなたにＦ６Ｆらしい小さな機影も見える。油断すれば、視野の外から敵艦戦に襲われかねない。周囲に気を配りつつＳＢ２Ｃの右前上方に占位し、相手の顔が分かる間近な距離から射弾を送って、手ごたえある命中弾を得た。成増に帰還し、旭隊先任将校の松崎真一大尉に戦闘状況を報告すると、「そんなもの、撃墜確実だ」と決めつけられた。

ひとあし遅れて単機で発進したのが吉村少尉。索敵中に出会った零戦ではない単発の海軍機に、敵と誤認され追いかけられた。味方と分からせようと翼を振っても去らず、成増近くまでついてきたという。

２月16日、関東の軍事目標への爆撃をめざすSB2C「ヘルダイバー」艦爆の編隊。右上は「アベンジャー」攻撃機の機首部分。

波状攻撃を続ける敵は、しだいに内陸部に侵入。午後三時ごろからは群馬県太田の中島飛行機に空襲をかけた。

昼までの二回の連続出動で、敵機を認めながら雲にはばまれ、交戦にいたらなかった旭隊長・清水大尉は、三たび離陸して太田上空まで飛び、Ｆ６Ｆを捕らえた。この機を撃墜したとき、後方至近に迫った別の機からの一二・七ミリ弾を、立て続けに浴びて激しく被弾。清水機から燃料が噴き出たが、さいわい身体とエンジンには当たらず、離脱後なんとか成増の滑走路にすべりこめた。

可動全力の一二機が早朝に出撃した桜隊は、千葉県八街《やちまた》上空で、落下タンクを付けたままのＦ６Ｆ六機を前下方に捕捉した。典型的に有利な高位戦ゆえに、一個小隊四機が二機分隊ずつで機動するロッテ戦法が成功し、数撃で敵全機を葬り去った。

撃墜のうちの一機は丸山孝雄伍長の手柄であ

る。一樂少尉の僚機を務める丸山伍長は、目標の敵機を定めるや、増速して突進、攻撃し、一方的な戦果に寄与した。窪添少尉の僚機・大森護伍長の場合は、深追いののち八街に不時着している。

帰還し燃料を補給した桜隊は午後に単独で、一〇機が群馬県館林《たてばやし》へ飛んだ。敵はF6FとSB2C。雲に入って編隊がくずれ、乱戦のうちにベテラン・中島忠一准尉と中堅の中西春男軍曹が戦死した。

僚機と離れた窪添少尉は高度四〇〇〇メートルまで上昇。帰途についた戦爆四〇機ほどの編隊を見つけた。高度差は一〇〇〇メートル。先頭機への逆落としの射撃で煙を吐かせた窪添機に、別のグラマンが後方から撃ちかかる。エンジンの気筒一本を射抜かれたが、なんとか逃れ、カウリングから流れる潤滑油で前方視界を欠く乗機を、成増まで持ってきた。

飛行場の上空掩護を担った富士隊の各機が、午後二時半をまわって燃料減少でそろそろ降着というころ、F6Fが飛来した。大石少尉はそのまま降りたが、安岡寛伍長は態勢を立て直して上昇する。対進（向き合う）のかたちで撃ち合って、互いに被弾し、敵パイロットは戦死。発火により顔を火傷した伍長は機外に出て、落下傘で降りたところは好都合にも世田谷区の陸軍病院だった。

成増上空のF6Fは、空母「エセックス」搭載の第4戦闘飛行隊の所属機で、富士隊と戦って四機撃墜、一機撃破を記録したが、実際に墜落したのは安岡機だけである。

この日四十七戦隊が報じた撃墜戦果はＦ６Ｆ一六機およびＳＢ２Ｃ二機とされ、対する戦隊の損失は戦死二名のほか、機材喪失が四〜五機ほどと推定しうる。ただし戦果の実数は三分の一〜四分の一にしぼるのが妥当だろう。四十七戦隊との空戦による米側の損失は判定できかねるが、戦隊の勝利はほぼ確実と言えるのではないか。

邀撃から制空へ

翌十七日にも関東に大挙来襲した敵艦上機を、四十七戦隊は迎え撃たなかった。対戦闘機戦を続行すれば、有力な戦闘隊がつぶれてしまうため、陸軍の本土防衛に関し最高指揮権を持つ防衛総司令官は、防空専任の第十飛行師団から四十七戦隊と飛行第二百四十四戦隊をはずして、十飛師の上部組織である第六航空軍司令部の直接指揮下に編入し、出動させない処置をとったからだ。

ついで四十七戦隊は、六航軍隷下《れいか》の機動部隊（艦船）攻撃用戦力である第三十戦闘飛行集団司令部の指揮下に、三月十日付で入れられ、邀撃戦からいちだんと遠ざかった。爆弾を海面でスキップさせ敵艦の舷側にぶつける、跳飛爆撃の訓練を実施したが、模擬弾も付けない単なる低空飛行だけで終わった。

また、三月十九日の午後、機動部隊発見の情報により、特攻・第十八、第十九振武隊の一式戦闘機「隼」の掩護《えんご》任務で、二百四十四戦隊の三式戦とともに出撃。爆装はせず、敵艦隊

成増から都城西飛行場へ向かう旭隊四式戦の準備線。手前は増加試作機で、翼下でなく胴体下に落下タンクが付いている。

上空を警戒する戦闘機の排除・制空が任務だった。まず波多野貞一大尉指揮の桜隊八機が発進し、洋上を伊勢湾沖まで飛んだけれども、誤報と分かって引き返した。このとき第38任務部隊（第58任務部隊が第3艦隊に編入後の呼称）は四国沖からの西日本への空襲を終え、南下しつつあったから、会敵できようはずはない。

再度の西日本来攻にそなえ、四十七戦隊は四月六日から十八日まで大阪・佐野飛行場に進出、待機した。四式戦を林などに分散し、作戦準備を怠らなかったが、機動部隊は接近してこず、無為の滞在を余儀なくされた。この間の四月十五日付で三十飛集の指揮下から隷下に変わり、B－29邀撃任務はいっそう縁なき飛行へと遠ざかった。

いったん根拠飛行場の成増に復帰した四十七戦隊は、沖縄決戦が終盤戦に入った五月二十七日、濃霧をついて発進し、宮崎県の都城西飛行場に移動。出発時二七機の四式戦は、途中の故障・不調で八機が落伍して一九機に減ったが、その後の追及機（遅れて到着した機）が加わって三一機にまで増えている。

四十七戦隊の四式戦の可動率は非常に高く、予備機を含めて八七パーセントに達した旨《むね》を、整備第四小隊長を務めた刈谷正意《まさい》さんが述べている。しかし、整備隊が地上で記録を取った高可動率と、操縦者が実際に飛ばして完調とみなす可動率とは、別なものであるのは述べるまでもない。材質と工作が劣るこのころの八四五エンジンは、長時間の飛行に耐えられない製品が少なくなかった。また、操縦者の腕前にはもちろん巧拙《こうせつ》があり、動力系統に無理をかけがちな操作が故障を招いたのも、当然の事態と言えよう。

都城では、特攻機の掩護を担当する第百飛行団の指揮下に組みこまれ、同様の任務を命じられた。

鹿児島上空で戦闘隊形を整える。進撃高度は雲高によって異なり、三〇〇〇～五〇〇〇メートル。特攻機編隊の前上方から後側上方を、旭隊、富士隊、桜隊の順で、高度差をつけてカバーした。徳之島の上空にいたると、直掩の指揮官機は翼を大きく振って特攻機に合図する。特攻機は高度を下げていき、直掩機は反転して帰途につく。

直掩の四式戦と特攻機は無線機の周波数を違えてあるため、通話・交信は不可能だ。突入のさいの訣別電に直掩機の送受信が混じっては、戦果判定に支障をきたすとの理由があるだろう。しかし、掩護指揮官だった清水大尉は「特攻機が直掩機と連絡をとって里心がつくのを、防ぐためではないか」と推測し、「酷《むご》い処置」との感を戦後も抱き続けた。

F4U－1D「コルセア」の４機編隊。よほどの好条件の場合を除いて四十七戦隊の四式戦で対抗するのが困難なほど、技倆も性能も敵の水準が高かった。

第二十六振武隊の四式戦六機を、三個隊から一個小隊ずつ出した計三個小隊が直掩し、指揮官を波多野大尉が務めたのは六月二十一日。

特攻機と別れ、任務をすませてホッとした野田軍曹（三月に進級）は、機内に積んできた弁当を取ろうとして何気なく見上げると、まぎれもなく敵機の編隊である。誰も気付かないようだ。不調で切っていた無線のスイッチを入れ、取り決めどおり送話ボタンを断続させて緊急信号を伝えつつ、前方に出て射撃で敵襲を知らせた。

左旋回を打つ波多野機に、皆が追随する。高位の敵機が襲いかかり、後方の河井吉夫少尉と山崎昌三軍曹の二機がやられ、ややたって中原逸郎大尉機が撃墜された。三機とも桜隊で、しんがりに位置したため狙われたのだろう。

野田軍曹も分隊長（四機小隊の二機の長）の藤井正七郎曹長も、反撃しうる態勢にない。九州方向への離脱をはかる両機のあいだを、敵が放った五インチ（直径一二・七センチ）ロケット弾が抜けていった。

敵は海兵隊の第223海兵戦闘飛行隊に所属するヴォートF4U「コルセア」。奄美大島西方二〇キロの空域で「トージョー」四機の撃墜を報じた。「トージョー」は二式戦の米軍の呼称で、四式戦を見まちがえたのは明らかである。

二日後、沖縄の地上戦における組織的抵抗は終焉《しゅうえん》を迎える。

米機動部隊の動き

飛行第四十七戦隊は七月十八日付で、三十飛集隷下から防空組織・第十二飛行師団司令部の隷下に転入した。関東と北九州という主要守備範囲の違いこそあれ、ふたたび本来の防空任務に復帰したのだ。

使用飛行場は山口県西端部の小月《おづき》。内地で最初にB-29と戦った飛行第四戦隊の基地である。民家に分宿した都城に比べ、小月では飛行場内に粗末ながらも専用の宿舎、天幕《テント》のピスト（待機所）が用意された。四戦隊の朝鮮・大邱《たいきゅう》への避退が多いのも手伝って、両部隊の交流は持たれなかった。

四十七戦隊主力の小月進出は十二飛師編入と同じ七月十八日である。本来の装備定数が五二機（戦隊本部四機、三個隊各一六機）。成増ではそれを超える四式戦を持っていたのに、二

空母「ランドルフ」を発艦した第16戦闘飛行隊のF6F－5「ヘルキャット」の小隊。この写真から1ヵ月後の7月28日、四十七戦隊に手痛い打撃をこうむらせる。

二機にまで減っていて、数字上の戦力は規定の四割にすぎなかった。

米第38任務部隊（第3艦隊に編入後。第58任務部隊と同一）は七月十六日に英機動部隊と合流し、空母一八隻、搭載一二〇〇機の圧倒的な戦力で、日本海軍の軍事施設、残存艦艇の掃討にうつる。十七～十八日は横須賀軍港をはじめ関東沿岸部を襲い、洋上給油ののち二十四～二十五日は呉軍港を主体に、西日本一帯に痛打を浴びせた。

日本軍は傍若無人に暴れまわる艦上機の大群と機動部隊にほとんど抵抗できず、二十五日の夜以降は敵艦隊のゆくえを見失った。後方基地（このときはフィリピンのレイテ湾）へ向かったのではないだろう、と海軍総隊司令部は判断してはいたが。

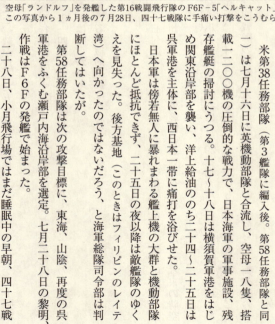

第58任務部隊は次の攻撃目標に、東海、山陰、再度の呉軍港をふくむ瀬戸内海沿岸部を選定。七月二十八日の黎明、作戦はＦ６Ｆの発艦で始まった。

二十八日、小月飛行場ではまだ睡眠中の早朝、四十七戦隊の宿舎の拡声器が火急を告げた。「空中勤務者はただちに飛行場に集合せよ」。命令はくり返された。

予告なしの緊急事態に、操縦者たちは急いでピストに駆けつける。このとき午前六時をまわっていたようだ。ふだん四式戦は隠蔽《いんぺい》のため道路わきやミカン畑に引きこんであったが、地上勤務者たちが懸命に作業したのだろう、過半が飛行場に用意されてあった。

「四国南方より小型機大編隊が北上中。これを邀撃せよ」との師団命令が伝えられ、編組（出動メンバー）に入った操縦者は搭乗した。すぐにも発進するはずなのに、なかなか離陸の指示が出ないのを一樂少尉はいぶかった。窪添中尉（六月に進級）は敵編隊にＦ６Ｆがいるとの知らせを受けていなかった。

雲量六〜七、視界良好ならざる空への出撃状況は、回想者によって異なる。ここでは、当日は編組に入らず地上にいた伴少尉の、中隊番号順とする記憶に従おう。彼の記録には「六時三十四分、富士隊離陸」とあり、出動時刻の目安にできる。

悪戦苦闘

最初に発進したのは旭隊の五機だ。隊長・清水大尉機は主脚が入らず、第三旋回であきらめ、松崎大尉に指揮をゆずって降着した。

清水大尉の僚機は吉村少尉。長機が降りたため、松崎大尉の僚機に変わった。吉村機も離

敵を視認後の回避がおくれ、敵弾を受けた富士隊長・大森敏秀大尉。

陸時からエンジンが不調で、油圧計を気にしていたとき、いきなり翼内タンクと胴体に敵弾を食らった。煙があふれ、炎が加わる。降下しても火は消えず、再上昇後に機から転がり出た。足先と肘《ひじ》の負傷は軽いが、顔、手足の火傷がひどい。落下傘降下中に地上を見ると、他の機が炎上中だった。F6Fがすぐ上空をしつこく旋回し、撃たずに飛び去った。

僚機（不詳）の遅れを案じて振り返った旭隊の山家《やんべ》晋二《とめじ》曹長の目に、追尾してくる機影が映った。即座の回避機動でもかわしきれず被弾し、発火。火傷《やけど》を負いつつ機外へ身をおどらせた。

松崎大尉はいったん敵手を逃れたのち、二～三機を相手に果敢に低位戦（敵より高度が低く不利）を挑んで被弾し、飛行場の北七～八キロの山間部に墜落。落ちた機内でまだ息があったが、その後に絶命した。

大尉の僚機・前原紀男少尉機も火を噴いて、河原に落ちた。前原少尉は落下傘で地上に降りたが、地元民が見つけたときには戦死していた。

富士隊では菊地順亮軍曹機がエンジン不調で上がれず、隊長・大森敏秀大尉以下の五機が離陸。高度約八〇〇メートル、編隊を組み終えるあたりで、蛭川《ひるかわ》元久曹長機が侵入した敵機を認め、知らせるべく前方へ出た。分隊長・大石中尉（六月に進級）も、大森機の後ろに近づく黒い機を見て、機関砲を放ち大尉に知らせた。

大森大尉は敵の接近に気付いたが、敵弾を避け得ず機上戦死をとげた。乗機はそのまま第四旋回地点の山すそにぶつかった。

別のF6Fの射弾が大石機の滑油タンクに命中した。火炎に包まれた操縦席で顔と、手袋なしの両手を焼かれながら、機外へ出た中尉は落下傘を操《あや》って地上に降りた。

大腿部を撃たれた蛭川曹長も、破損した四式戦から落下傘降下。大石中尉と同じ病院で治療を施されたが、出血多量で息を引き取った。入院時、一機撃墜を報告している。

富士隊の辣腕《らつわん》・三瓶《さんべ》（戦隊では「さんぺい」と読まれた）兼明曹長は、乗機にトラブルを感じたらしく、操縦席内を点検し、着陸にかかった。第四旋回から着陸態勢に入った降下中を襲われ機上戦死。滑走路の北に墜落した。

三瓶曹長の僚機が原田三郎曹長。上昇中に敵を発見し長機に合図したが反応がなく、着陸に向かうようすなので、別れて単機で日本海方向へ避退し、空襲後に帰還した。

三機が空中に上がった桜隊のうち、最後に離陸した一樂少尉機のプロペラの羽根角《ピッチ》が、大きいまま変わらないため、場周飛行をやらずに着陸した。これが彼を救ったとも言える。機付の整備兵が駆け寄って「空襲中です。逃げて下さい！」と叫んだ。飛行場空域への敵襲を知らなかった少尉が見まわすと、三瓶機の墜落場所から黒煙が上がり、四式戦二機が飛びすぎていった。

桜隊長・波多野大尉と僚機の窪添中尉が雲上に出ると、F6F多数機が飛んでいた。降下した雲の下にも敵がいて、十数機が彼らを追ってくる。四式戦は左右に別れ、窪添中尉は低空を日本海（響灘《ひびきなだ》）上空まで離脱し、六機編隊を振りきった。

やはり日本海方向へ向かったが、高度を稼いで引き返した波多野大尉は、高位から敵四機編隊と交戦に入った。しかし、よく連係がとれた相手に一対四では対抗し得ず、島根県内に墜落し戦死した。戦闘状況は対空監視哨から望見され、報告が送られている。

ピストのそばで戦隊長・奥田暢《のぼる》少佐は、雲間から敵機がチラチラ見えるのを、離陸後の部下たちに知らせたかったが「無線がないからどうしようもない」と、隣に立つ伴少尉に悔しげに語りかけた。〝間借り〟のピストの悲しさだ。

伴少尉の目に、戦いの空の様相が映った。南北の滑走路を南の海側へ離陸して、左方向へ第一旋回。すぐに左へ第二旋回にかかり、編隊を組みながら、滑走路東側を北へ上昇。さらに西から南へと大きく弧を描いた四式戦の各編隊に、右方向からグーッと回りこんだグラマンの群れがかぶさってきた。射撃音が聞こえたのは数分間。落ちる機、白い落下傘が目に痛かった。

一三機が離陸して、すぐに二機が故障でもどり、九機が撃墜された。戦死六名、負傷三名。

交戦空域を離脱して敵手を逃れ、無傷で着陸できたのは二機だけである。師団司令部からの情報通達と出撃命令が後手にまわり、地対空の通信設備がない臨時の飛行場だったのが、無理な出撃につながった。

敵対したのは、空母「ランドルフ」を発艦した第16戦闘飛行隊のF6F。クリーブランド・L・ナル大尉（三機）をはじめ七名が四式戦《フランク》合計一二機、一名が「紫電改《ジョージ》」一機の、小月上空における撃墜を報じた。「紫電改」は四式戦の誤認だろう。

陸軍有数の精強な防空戦闘隊のこの手痛い敗北は、個々の戦闘能力の差ではなく、戦うシステムの敗北だった。敗戦まで二〇日たらず、もはや偶然の勝機すら残されてはいなかったのだ。

明野の五式戦が迎え撃つ

――日本的戦闘機への帰結まで

〝戦闘隊の総本山〟〝戦闘隊のメッカ〟――陸軍の航空分野に関わった人ならたいてい、この比喩《ひゆ》表現を聞けば、「明野ですね」の返事が反射的に出たものだ。実際は総本山、メッカとまでは言いきれない面もあるのだが、確かにこれらに代わる簡潔な言葉を思いつきにくい。

日本での初飛行から九年後、陸軍は大正八年（一九一九年）一月にジャック・P・フォール大佐らのフランス教官団を招き、機材、装備品、運用法などの講習を受ける。同年四月、大佐からの勧告で埼玉県所沢に航空学校が作られ、そのなかで空中射撃の教育と研究を受け持つ同校射撃班が、静岡県の浜名湖畔に新設された。

この射撃班を三重県明野ヶ原（伊勢市の北西）に移したのが九年三月。翌年四月に航空学校分校へ昇格し、十三年（一九二四年）五月に独立して明野陸軍飛行学校ができた。「空中戦闘、空中射撃および火器の取り扱いに関する教育と調査研究」を任務とし、不惜身命《ふしやくしんみょう》、見敵必殺をモットーに、陸軍戦闘機についての人員と機材について専門にあつかう、明野飛校が本格的に稼働する。

開校当初に与えられた任務は、大正十四年五月の航空兵科誕生（昭和十五年／一九四〇年十月に兵科の区分を廃止）をへて、昭和十九年に明野飛校が改編されるまで二〇年間続く。

その間のややこしい変化はさておき、ここでは同校の主要な目的である、現役将校戦闘機操縦者の教育および訓練の変遷《へんせん》、そして末期の戦闘状況をつづってみたい。

将校操縦者たちの学び舎《や》

航空兵科が独立する以前の操縦者コースは、他兵科から選抜された任官後の将校が召集佐尉官操縦学生として、所沢飛行学校で基本操縦教育を受ける。兵は下士官候補者をへて、下士官はそのまま、ともに召集下士官学生として所沢での基本操縦教育に入った。

以下は煩雑《はんざつ》をさけるため、将校のみに関して記述する。

前述の航空兵科独立で、陸軍士官学校内のあつかいが若干は向上したが、歩兵絶対の不文律の前では、地上戦力を補佐するための存在でしかなかった。

昭和ひとけた時代。陸士卒業後に配属部隊で、見習士官の三ヵ月をすごしたのち少尉に任官。所沢飛校で練習機および実用機に乗って八～九ヵ月のあいだ基本操縦教育を学ぶ。

搭乗機種が戦闘機に決まると実施学校（専門教育を担当）の明野飛校に移って、四〜五ヵ月の実用機による機動、射撃の戦技教育を受けた。明野での訓練は戦闘機操縦を一人前にこなすのが目的で、乙種学生と呼ばれ、その後の演練は各部隊にもどって実施された。期により多少違って、明野での乙学を略したときもあった。部隊に復帰して、さらなる練磨を重ねるのはもちろんで、一年ほどをへて、ようやく戦力たる将校操縦者に認められる。

明野飛行学校の質素な正門。右奥に見える建物が本部だ。戦闘分科の将校操縦者にとって心の故郷だった。

歩兵をはじめ砲兵、工兵など各兵科は地上が舞台なので、共通面が少なくないが、空中が戦場の航空はまったく異種の存在だから、教育内容の変更が必須だ。これが容れられて昭和十二年十月、航空兵科用の士官学校分校が所沢に作られ、まず第五十期生が航空兵生徒として士官学校から途中入校、五十一期、五十二期と続く。分校の設立と同時に所沢飛校は廃止されて、ここが受けもっていた基本操縦教育を当初から分校内に取りこんだ

分校が埼玉県豊岡で建設中の航空士官学校に移ったのが、半年後の十三年五月。分校時代に所沢飛行場で

基本操縦教育を受けた五十期は、航士校で卒業式だけを実施。途中で航士校生徒に呼称を変えた五十一期からは、同県内の狭山、高萩飛行場を加えた。

機材は当然ながら時期によって異なる。十年代なかばなら赤トンボの九五式三型と九五式一型練習機、九九式高等練習機を終えて分科（専修機種）が決まり、戦闘分科なら九一式、九二式、九五式二型の旧式戦闘機までを用いる。

戦闘分科の乙学の教育は明野飛校で、九五戦一型（安定不足で二型より難しい）、ついで九七式戦闘機を使ってなされた。

まず特徴と性能、操縦法を教わって搭乗。基本的な各種機動を覚える未修飛行を終えると、小隊（三機）での編隊飛行、特殊飛行になじむ。空戦機動はまず操作が比較的に容易な対爆撃機戦闘を覚える。続いて本命の対戦闘機戦闘へ移行し、単機格闘戦から、三対三、三対六、六対六までの編隊戦闘を学んだ。

もちろん大戦後期の実戦の苦闘とは比較にならないけれども、格闘戦演習はそれなりに高度な技倆《ぎりよう》を要する戦技訓練である。加えて小隊単位の空中指揮も習得する。将校操縦者の腕前を鍛える乙学の期間は三～四ヵ月だった。

原則的に小隊単位、限られた局面での空中指揮に留まる下士官（准尉を含む）操縦者に比べて、将校操縦者が決定的に異なるのは、将来的に中隊（当時九機。のち一二機、一六機）以上の指揮権を持つ、つまり中隊長以上のリーダーを務めるにいたる点だ。すなわち組織としての空戦に勝つための指揮官教育、空中戦術教育が必要だから、乙学を終えて部隊で一年あまり中隊付将校を務めた者を、甲種学生の名称で再び明野に呼びもどした。

ただし、乙学だった者の全員ではない。また甲学をへなくても、中隊長、戦隊長に任命された。甲学の期間は四～五ヵ月があてられた。

明野飛校で戦技教育、他機種からの転科教育を受けたのは、陸士および陸航士を卒業した現役将校のほかに、下士官操縦学生、三期までの少年飛行兵があったが、占める割合は少ない。陸軍戦闘隊（戦闘「機」隊とは言わない）の中核をなし、指揮をとり、運用をつかさどる、予科士官学校の士官候補生～航士卒業の将校操縦者たち全員（五十七期を除く）が、四半世紀のあいだ明野で教育され鍛えられた。

〝戦闘隊の総本山〟と本流の彼らが呼ぶ気持ち、精神的よりどころの基盤なのだ。

航士卒業時の戦闘分科の操縦者数（転科を含まず）は、十三年六月卒業の五十期生の場合、五三名中わずか六名。重爆、軽爆、偵察機のどれよりも少なかった。ところが三年後の五十三期生では操縦者の総数が七倍近い三五七名に急増。戦闘分科は九〇名で一五倍に増え、僅《きん》差《さ》で重爆をおさえてトップである。

こうした変化は日華事変、ノモンハン事件の戦訓と、航空兵力の充実への計画に基づく。爆撃隊万能論で来たのに想定と異なり、重爆の戦果を上げるために、戦闘機が制空と邀撃《ようげき》の両方で重要性を認識されて存在意義を増した。十二年に着手された、延べ八年間にわたる航空軍備の拡充計画（一次と二次。途中で開戦）が基盤にあって、戦闘分科の急増をみたのだ。

それでもなお、陸軍中央部の姿勢は「航空優先（ただし）地上絶対」だった。海軍に大艦巨砲主義が根強かったように、根本方針の変更が容易なはずはない。

ロッテ戦法を採り入れた

戦闘隊の装備機材と用法（戦闘法）の探求は、明野飛校が当初から担った任務だ。

制式機材が高翼単葉の九一戦と液冷複葉の九二戦の二種類だった、国産戦闘機揺籃《ようらん》の昭和九年六月。明野校内で「大型機にも小型機にも威力を示せる戦闘機は、技術力と工業力が劣る日本では作れない」との判断から、「軽戦闘機と重戦闘機の別個開発と併用」の提案がなされたが、取り上げられなかった。

前者は運動性重視の対戦闘機用、後者は高速重武装の対爆撃機用で、感覚的な単語である軽戦・重戦の出始めだろう。この二種併用論には経費や運用法に難点は当然あるが、早い時期に出された点が評価に値する。

同じ九年、次期戦闘機の競争試作で川崎キ一〇（のちの九五戦）、中島キ一一、三菱キ一八が、性能を競った。空戦能力の比較は明野で実施され、キ一八に加藤建夫大尉、キ一〇に檮原《ゆすはら》秀見大尉が搭乗。陸軍指折りの高技倆者同士が、衝突寸前の激しい機動をくり返した。

こうした性能試験は十四年に飛行実験部が新設されて、任務が移管されたが、新器機材と

連続して制式兵器に採用の九一式戦闘機(右)と九二式戦闘機。性格が異なり、かつ共に軽戦闘機では、いまだ国産機の揺籃時代でも必然性に乏しい。

新戦術について「使えるか」「どう使うか」の実用試験は、明野飛校で続けられた。その一つが、ドイツ空軍からもたらされたロッテ戦法だ。

参考機材としてドイツから購入し、十六年六月に船着したメッサーシュミットBf109E－7戦闘機に、介添《かいぞ》え役のパイロットが二名同行してきて、岐阜・各務原《かがみがはら》飛行場で、できたてのキ六〇との比較審査に加わった。彼らが残したより大きな影響は、ドイツ空軍のヴェルナー・メルダースが確立した編隊空戦法の教示だ。すでに前年秋にも別の経路で、同戦法の理念と効果は伝わってはいたが。

二機をロッテ（組、連れ）、四機をシュヴァルム（群れ）と呼んで、編隊の基幹にする。前者は一機がもう一機の、後者なら二機が他の二機の、あるいは一機（長機）が残りの三機の、それぞれ掩護《えんご》を受けて攻撃に専念する。徹底したチームワークの機動戦闘で、英空軍、米陸海軍もこれに倣《なら》った。

明野飛校を含む関係者はその合理性を理解し、ロッテ戦

九七式戦闘機（左）と一式戦闘機「隼」が弾道調整を受ける。両機が大戦中の明野飛校の主要機材だが、速度必須のロッテ戦法には不向きな軽戦だった。

法と呼んで（シュヴァルムでは言いにくい）、開戦をひかえた十六年の秋から明野で、四機編隊（小隊）戦法の研究を開始する。試行スタートが海軍より一年は早かった。

十四年のノモンハン戦の後半で、ソ連空軍が速度重視のポリカルポフI－16戦闘機により用いた集団空戦法も、明野で検討、実験されていたが、ドイツ空軍流はずっと緻密《ちみつ》、有効だったのだ。

ロッテ戦法を演練する対象は、実用機の空戦機動を学ぶ段階の乙学ではなく、指揮官コースの甲学だった。その最初が、開戦をはさんだ十六年十二月初め～十七年三月なかばに学んだ、航士五十二期生出身者が過半の五〇名だ。

そのうちの村岡英夫中尉は、二（分隊）対二から一二対一二までのさまざまなロッテ戦法を九七戦で試行した。低速で突っこみがきかない機材では、一撃離脱の要素が強い機動には適さず、戦闘圏が広がるだけ。「九七戦では、しんどい」が率直な感想で、重戦の登場を望んだ。しかし、旧来の三機編隊をベースにした三対三、三対五の機動よりも、優れた戦法だと実感できた。

　甲学で学んだ準幹部が戦隊にもどって操縦者たちに教え、また機種改変で帰った部隊が明野の教官から指導を受けるなどで、十八年に入るころには陸軍戦闘隊の主戦法に定着しつつあった。海軍の四機編隊導入よりも、六〜八ヵ月ほど早い。

　問題は機器材だ。運動性重視の一式戦闘機「隼」でのロッテ戦法は中途半端。二式戦闘機「鍾馗」は機動に合致しても、離着陸の困難、小航続力、部隊の少なさから、成果を発揮しにくかった。十八年春以降に配備されていった三式戦闘機「飛燕」が適材とも見なせたが、多からぬ機数に加えて可動率の低さがネックだった。

　ロッテ戦法には、性能的に適合する飛行機のほかに、集団行動を続け得る可動機数と、相互に緊密な連携をとるための好調な無線機が欠かせない。このいずれをも陸軍は（海軍も）持たなかった。

教育機関も軍隊に変身

　開戦時の月産飛行機数三〇〇機が、十八年なかばには二倍に増えていた。だが、当時の陸軍は主戦場の東部ニューギニアで米軍に勝てない。地上戦の戦勢を維持から挽回へ向かわせるには、航空兵力の増強が不可欠なのは歴然だった。

　長らく陸軍を支配した「地上絶対」の思想は、上層部の一部に意識として残っていても、

明野でロッテ戦法だけを演練した航士56期出身の乙種学生たち。彼らが敗色濃い昭和19〜20年の陸軍戦闘隊を支えた。

「航空が戦績を左右する最大要因」と大多数が認めざるを得なかった。

東條英機陸相（首相の兼職）は六月、地上戦力がいかに影響を受けようと、航空兵力の集中的な増強を決意。十九年度（十九年四月〜二十年三月）の目標を、月産一〇〇〇機に定めた。さらに八月、陸相は航空のうちで戦闘機を超重点と決定し、航空兵力の六〇〜七〇パーセントにまで拡充する方針が立てられた。

人的な面でも手は打たれていた。十八年五月卒業の航士五十六期生は、操縦四〇八名の約半数の二〇〇名が戦闘分科。二位の重爆四七名とは大差がついた。実質的に最後の実戦参加者である五十七期生は、十九年三月の卒業で、操縦五三七名のうち戦闘分科が五六パーセントの二九九名を占める。操縦他分科からの転科はもとより、陸士すなわち地上兵科から操縦への移行もめだった。

明野飛校は十八年の春にロッテ戦法の教育を初めて、五十六期乙学にほどこすよう決定。教育課程から単機戦闘をすべてはずして、初めから二対二の編隊機動を九七戦、一式戦で訓練する方針を、教育担当の元締め・航空総監部へ伝えて実施した。総監部で戦闘隊の教育責任者・檮原中佐（大尉で前出）は「空中戦技の基本は単機戦闘」と述べて反対したが、方針は変わらなかった。機動の習得はもちろん単機戦闘の方が難しい。

付け焼刃の編隊空戦を習い、敵の二～三割の機数の一式戦、三式戦で、聴こえづらい無線機使用の連携戦闘が、性能も戦法も優れる米戦闘機群と戦って、勝てるはずがない。すぐに崩れる小隊だから、無線機なしの一～二機で敵四機編隊を相手にするには、相手の動きを予測し機動できる、単機戦闘の腕と自信を身に付けるしかないのに。

教官一人が受け持つ乙学は、本来四名までがいいところ。これが学生の増加、教官数の停滞で六～七名へと増えた。そこで十七年四月に静岡県に天竜分教所、十八年四月に三重県に北伊勢分教所が作られて、課程が進んだ学生を振り分けた。

さらに受け入れの大幅な緩和を目指して、八月に明野飛校分校を茨城県水戸近郊に設けた。当初の企画を総監部は納得したが、陸軍省が同一種で二校は不要と許可を出さないため、分校の目的を高高度と遠距離の防空戦闘の研究・教育に変えて、ようやく要求を通せた。上記の航士五十七期戦闘分科の二九九名は、実は明野本校での乙学二一〇名（近距離戦）と分校での乙学八九名（遠距離戦）の合計だ。

航士五十六期の乙学教育から単機戦闘を消したのは、明野本校の大きなミスだった。十八年十一月中旬に乙学を終えて、分校の教官に赴任した者は、ここで初めて単機空戦を教育された。檮原中佐が先任教官に転属していたからだ。

乙学の将校と、より多くの下士官操縦要員（熊谷、大刀洗飛行学校など基本操縦学校で学ぶ）が、一人前の操縦者に育つのを待たずに、航空戦力を早急に増強したい陸軍は、航空実施学校の戦力化をはかり、十九年六月二十日付で浜松（重爆）、下志津（偵察機）など官衙《かんが》（役所）である各飛校を、軍隊の教導飛行師団に改編した。ボーイングB－29が八幡に夜間空襲をかけた四日後である。

それまで整備や事務職に多くの民間人が勤務していた明野飛校は、もちろんその代表的存在で、同様に明野教導飛行師団に変わった。同時に分校は独立し、常陸《ひたち》教導飛行師団に改編され、各機種で戦闘機だけが二個教飛師に変わったのが、需要の大きさを思わせる。

やはり根幹は単機戦闘

十九年九月上旬、米軍は第38任務部隊（機動部隊）を尖兵《せんぺい》にフィリピンへの侵攻を開始する。戦闘機戦力を増やすため、明野教飛師内で二個戦隊分（六個中隊）を有する大規模部隊・飛行第二百戦隊を、十月十二日付で編成。その一週間後、比島決戦の捷一号作戦が発動された。

装備機は四月にキ八四を制式採用した四式戦闘機「疾風」だ。小直径の一八〇〇馬力エンジン、二〇ミリ機関砲を備える高速重戦は「大東亜決戦号」と期待された。この新鋭機材に、明野の錬成教育を停止して教官、助教を乗せる。整備は飛校時代以来の軍属で、技術はあってもハードな環境の実戦に向かなかった。四式戦の可動率、作戦基盤の対応力の低さから、逐次進出を余儀なくされた大型戦隊は、敵航空兵力の質と量に押しつぶされた。ロッテ戦法を発揮する条件がそろわなかったのだ。

明野に配備されたキ八四(のちの四式戦闘機「疾風」)の増加試作機。編隊空戦向きとも言えるが、無線機の不良とエンジンなどの故障多発、格闘戦をやりにくい欠点がじゃまをした。

　二百戦隊一中隊長・中川鎮之助大尉と四中隊長・深見和雄大尉はともに、ニューギニアで三式戦部隊の中隊長を務めて米陸軍機に苦戦した。ついで明野飛校で、中川大尉は召集尉官の転科教育を担当のうえ、五十三期までの転科者の甲学を教え、深見大尉は航士五十七期乙学の先任教官を務める。五十三期は次期戦隊長要員でキャリアは充分、戦闘経験も多いから、機材の性能を的確に評価し得る。

「総じて四式戦は、三式戦と大差がない。エンジンはオーバーブーストですぐ焼き付くし、故障が絶えない。敵を追撃しても、射距離まで近づけない速度だ」が中川大尉の判断。深見大尉は「好調な機が到底そろわない。出力を上げると無線に電波障害を生

昭和19年の晩春、航士57期の乙種学生を１期先輩の白岩良治少尉が教える。単機戦闘を追加練磨したのちの56期だった。

じて、僚機との距離が大きいロッテ戦法ができない。通信で負ける」と感じた。

なすところなく潰《つい》え去った二百戦隊が、外地戦場における、〃総本山〃たる明野の交戦能力、〃決戦機〃四式戦の戦闘威力の限界を示していた。乙学終了後、水戸の分校で単機戦闘を叩きこまれた航士五十六期の林安仁《やすひと》中尉は、明野からすぐ実戦部隊で戦地へ行った同期生に対し、「ロッテしかやっていない。かわいそうだ」の感慨を抱いた。単機空戦の技倆が自分を助ける、との思いは、絶対的に数で劣る日本においては正解だった。

航士五十七期の乙学は、既述のように明野本校と分校とに分かれて、十九年三月下旬〜九月下旬までの半年間実施された。五十六期乙学でロッテ戦法専一方針をとった明野は、ミスに目覚めて、まず九七戦で単機空戦から始め、編隊空戦をまぜるかたちで訓練を進めた。

続いて学生は、一式戦、二式戦、三式戦に分けられる。やはり重点は編隊機動に置かれたが、五十五期、五十六期の先輩が手すきのときに、格闘戦の相手をしてくれた。単機同士の機動の読み、かけひきに熱を入れた辰田守少尉の腕前は、試技のつど高まり、同期たちが一目置く存在だった。ロッテだけでは、こうはいかない。

ところで航空の需要増から、地上兵科の航空転科が十八年一月に実施され、士官学校から一二〇名の五十七期生徒が航士校に転入した。このとき士官学校は神奈川県座間《ざま》にあったので、彼ら転科転入者を「座間転」と呼んだ。戦闘分科の人数には、このうちの何十名かが入っている。「地上絶対」が判然とくずれた、具体的な証拠だった。

それから一年二ヵ月後の十九年三月、卒業直前の陸士五十七期中四〇〇名に航空転科が命じられた。航士五十七期が卒業後の航士校で二七〇名が、第九十六期召集尉官操縦学生として九九高練による基本操縦教育をすませ、戦闘分科の一〇〇名は二十年三月に明野教飛師の各分教所で初期戦技教育までの課程を終える。

重砲（大型の長射程砲）が好きで砲兵をめざしながら、「もう航空しか〔勝つ道は〕ない」と決意した小高滋少尉もその一人だ。

彼ら四〇〇名は、士官学校からの第二次転科者なので「二次転」の呼称が付いた。だが二次転は時期を逸しており、一部が沖縄特攻に出動したほかは戦力たり得なかった。もっと早期に「地上絶対」の信念をひるがえし、転科の道を開くべきだった。

最後の甲種学生教育が進む19年12月ごろ、航士57期の辰田守(中央)、冨永信良少尉を西村光義大尉(後ろ向き)が指導中。

最後の中隊長教育

明野の甲種学生教育は、十八年十二月～十九年三月に航士五十四期が主体の戦闘分科四二名、ついで十九年二月～五月に五十三期までの転科三八名にほどこされた。前者は近い将来の、後者がちかぢかの、ともに戦隊長要員で、ポジションの消耗の激しさが知れる。

すでに戦闘隊での戦いに充分になれた前者の訓練に問題はないが、軽爆や襲撃機、さらには重爆部隊の幹部として操縦経験が長い後者には、単機格闘戦の習熟は難しいから、ロッテ戦法と部隊統率に重きが置かれた。

昭和九年以来の甲学の最後は、航士五十五期、五十六期十数名ずつと、明野で乙学を終えたばかりの航士五十七期の選抜一〇名に、十九年十月から二十年一月上旬まで三ヵ月間の教育を受けさせた。航士五十七期は乙学の途中で特攻応募を問われており、フィリピンで敵艦船に突入した彼ら同期生とくらべれば、予想を超える厚遇である。

戦闘隊の中隊長は、敗勢が強まるとともに戦死、殉職、負傷が増していく。最後の甲学で、五十五、五十六期はちかぢかの中隊長〜飛行隊長要員に、五十七期がさらに次の中隊長要員にあてるため、最小限用意する、というわけだ。

五十七期の甲学一〇名の場合、使用機材は四式戦が辰田、冨永信良、新井重治の三少尉だけで、残りは一式戦三型。四式戦が不足したのは、二百戦隊用などにわたされたからのようだ。甲学の飛行訓練は、乙学に続く単機および編隊訓練で、前は僚機か二機分隊の長機だったのが、四機小隊の長、あるいは八機、一二機、そして一六機中隊を指揮する立場まで経験した。無線での指示、優位・劣位戦への対応も試行におよんだ。

「一式戦三型は空戦フラップを使えばクルッと回りこめる。単機戦闘だと四式戦より上」と辰田少尉は感じた。飛行時間は多くなくても、明野の競点射撃でトップを二回も取った、彼の射撃技倆と得意の操縦能力（冨永さん談）を、一式戦なら生かせるのだ。

「速度は四式戦だが、可動率は感心できない。安定性は一式戦三型。航続力もある」。こう判断する冨永少尉が、飛行中にエンストに遭い、松林に突っこみ両翼がもげた。上空で目撃した辰田少尉はすぐに降り、僚友の〝殉職〟状況を報告したが、彼は軽傷で生きていた。

二十年が明けて早々に甲学を終えた一〇名は、陸士五十七期転科学生の補佐教官を命じられ、四つの分教所へ出向いた。辰田、冨永少尉は大阪・佐野分教所で、一式戦三型での教育に携わる。

音に聞こえた飛行第六十四戦隊で、三中隊長を務めた檜與平《ひのき》大尉は、十八年十一月に四発重爆撃機B－24「リベレイター」を撃墜ののち、第10航空軍のノースアメリカンP－51Aの射弾を受けて右膝から下を失った。非常な復帰努力によって、負傷後ちょうど一年で明野教飛師に着任。そこで香川・高松分教所の教官を命じられた。

義足ながら明野飛校・高松分教所で教官を務める檜與平大尉。

高松でも五十七期転科学生を教えていた。三式戦の二百四十四戦隊長に転出した小林照彦大尉の後任として、彼らの教育主任の立場をこなすのだ。義足での九七戦操縦と射撃を初めて試して、檜大尉はどちらもクリアーし、続いて一式戦も乗りこなした。

陸士転科学生の教育を終えた翌四月の二十日ごろ、明野教飛師司令部へ呼ばれて出向いた檜大尉に、師団長・今川一策少将が告げた。「黒江が乗っているP－51を、明野に持ってきてくれ」。すでに半月前、B－29を護衛して硫黄島からP－51D「マスタング」が来襲しており、この強敵との戦闘演習のため、大陸で捕獲したP－51Cを航空審査部の黒江保彦少佐が操縦し、戦闘隊の飛行場を巡回していた。この機を明野に運ぶ役目を、大尉が命じられた。捕獲P－51は演習中に部品が壊れ、飛行不能にいたったが、戦闘隊の任務と用法を熟知する今川少将は、彼をそのまま明野に留め置いた。

「陸軍でいちばんの戦闘機」

檜大尉に今川少将が言う。「キ一〇〇に乗ってくれ。審査部で黒江や坂井（菴《いおり》少佐）から習うといい」。だが中島機とは違って、キ一〇〇の踏み棒《フットバー》に付いたブレーキペダルに、義足の足先が収まらない。

「あれは義足を切らなければ乗れません」。理由を聞いた少将から「それなら、切ってやってみてくれ」と返事があった。

義足の足先を切断すれば靴ははけず、女子事務員の目にむき出しの鉄脚がさらされる。二十五歳の苦しい逡巡を断ち切らせたのは、脳裡《のうり》に浮かんだ戦死者たちだった。彼らの分も戦うのだ、と決意して鍛冶屋で切断してもらい、靴屋に頼んで鉄脚を革で包ませた。

福生の審査部に着陸した檜大尉を、坂井少佐と黒江少佐が出迎えた。「こんな飛行機、すぐ乗れるよ」。黒江少佐に言われて、義足を取り換えて搭乗。地上滑走を続けて義足と踏み棒、ブレーキの感覚をつかみ、問題なく離陸する。一式戦に比べ、速度と上昇力が断然いい。ビルマで飛ばした対モスキート用の二式戦よりも、確実な手ごたえだ。

旋回、突っこみなど運動性も申し分ない。三式戦を知らないから比較できないが、五式戦なら自在に戦える満足感を得て降着。その着陸を黒江少佐が「満点だよ」と評価した。自分がふたたび実戦部隊の指揮官に復帰できる、との感激が胸中に広がった。

明野へ帰る檜大尉に、超ベテランの坂井少佐が「俺も用事があるんだ。いっしょに行こうや」と誘った。明野教飛師が多数機を持つ予定の五式戦の運用に関して、飛行実験部で審査主任を務めた彼が指導するのだろう。一式戦と少佐の五式戦とで福生を離陸ののち、上空の厚い雲を抜けがたいと分かってもどってきた。

控え所《ピスト》（海軍でいう指揮所）に入ると、飛行実験部戦闘隊長の石川正中佐が話しかける。

「お前、俺のところに来ないか？　戦局が苦しいから、明野で戦隊を作るんだ」

今川師団長が檜大尉を呼んだのは、明野に既存の実戦組織・第一教導飛行隊を、この四月に戦隊形式に改編して、幹部にすえるためだった。トップに石川中佐を置き、第一大隊長が江藤豊喜少佐、第二大隊長が檜大尉を予定した。大隊はそれぞれ本部小隊四機と二個中隊で構成される。Ｐ－51の空輸命令は仮のイントロだった。

問題は檜大尉の右足の欠損だ。航空本部は本来、操縦者に身体的な不具合を認めない。教官なら目をつぶっても、実戦部隊の幹部に対する条件変更には納得しなかった。そこで黒江少佐が航本へ出向き、大尉の状況を説明し保証して許可を取り付けたのだ。江藤少佐は檜中隊長が負傷で転出したあとの六十四戦隊長を務めていたので、「俺は戦隊長から大隊長へ格下げだ」と笑った。

装備機の五式戦闘機は三式戦二型の空冷化機で、一部の戦隊への導入が始まっており、操

明野に空輸された五式戦闘機と航士57期の少尉。垂直安定板の数字は生産番号か。

縦者と整備隊の両方から好評を博していた。審査部や明野、戦隊でも「キの百」または「五式戦」と呼ばれた。どんな機動もとれるベテランが、重戦的な四式戦よりも五式戦を買うのは推定しやすい。それでは若い操縦者はどう感じたのか。

乙学で九七戦と一式戦、甲学で四式戦に乗った航士五十七期の辰田少尉。甲学を終え、佐野分教所で二月末まで一式戦を使って「二次転」の補佐教官を務め、明野にもどってから五式戦を操縦した。

一式戦は二型と三型。五～六月のころだ。両型は別機に近いほど違い、戦闘に使うなら間違いなく三型。それを加えても、五式戦が最高だった。四式戦は重くて格闘戦をやりにくく、エンジンを始め各部に故障が多い。旋回性能、上昇力は五式戦が上で、水平速度だけ同等の感じだ。四式は重いから突っこんだら速いが、五式でも緩降下で六〇〇キロ／時を出せた。彼はこの機でのトラブルを経験していない。

同期の冨永少尉も、同様に佐野での補佐教官を担当。初夏の明野で五式戦の未

明野教導飛行師団の近くで、電柱を折って胴体着陸した四式戦。生粋の戦闘機乗りにはあまり喜ばれない重い機材だった。

修飛行を終えた。「旋回性、上昇力にすぐれ、エンジンは故障知らず。とにかく乗りやすくて、離着陸が容易だ。陸軍でいちばんの戦闘機」の感想は、辰田少尉と異口同音だった。

もう一例、古参中隊長～最若年戦隊長を務める、航士五十四期の五式戦評はどうだろう。

重爆分科。浜松飛行学校で乙学を修了して教官勤務ののち、飛行第六十二戦隊一中隊付で大陸、北東方面を九七重爆で飛んだ西村光義中尉。十八年の戦闘転科は自分の意志ではなく命令で、明野飛校で九七戦、一式戦に搭乗し、主としてロッテ戦法の習得にはげんだ。

西村大尉（十九年三月進級）は自身の技倆を過信せず、「〔急機動をとらない〕重爆出身なので、単機戦よりもロッテがいい」と判断。「〔重爆よりも機動を重視する〕軽爆からの転科では、格闘戦をこなしきれない」という檜大尉の実感の裏返しだ。

そのまま明野に教官で残って、航士五十六期に一式戦でロッテ戦法を教えつつ、新機材の未修にはげむ。高高度性能はまずまずだが上昇力が劣る三式戦よりも、重くて動力の不具合が多発する四式戦がいやだった。

五式戦を初めて見たのは明野教飛師で。未修飛行ですぐに気に入った。角度が大きな上昇、降下も速い。納得の運動性と故障知らずの動力に「初めから空冷だったら」と残念がり、最優秀戦闘機に位置づけた。習得後は五式戦を装備予定の部隊へ、単機で伝習教育に飛んだ。

敵はP－51とB－29

明野教飛師の第一教導飛行隊は二十年四月のうちに改編され、石川中佐が飛行隊長を命じられた。第二大隊長の檜大尉が率いる第三、第四の二個中隊は、杉山克二大尉と西村大尉が指揮し、各一二機編成でやや規模が小さいが、大隊本部の四機を含め全機が五式戦で装備された。

主要操縦者には六〇〇時間以上の飛行経験者を選び、月内にほぼ充足した新機材は飛行場から離れた松林に隠匿《いんとく》。実戦をめざすほかに、教育任務もいくらかは兼ねていた。

速度と編隊空戦の技術は米軍にかなわず、そのうえ機数が少ないから、基本的に単機戦闘を軸に対抗せざるを得ない。一個小隊四機を四本の槍に使うのは苦しく、一機が攻撃し一機が掩護《えんご》する二機一組の二本の槍と見なす。すなわち二機が組んでの〝単機〟戦法を、檜大尉は導入した。

教導飛行隊が敵機とまみえたのは四月二十二日。「志摩半島南方五〇キロ、小型機編隊北上中」の情報に続いて、第二大隊に出動命令が出た。五式戦一二機の指揮をとる檜大尉は、敵が中高度~低高度のいずれで来ても対応可能な四〇〇〇メートルへ上昇しつつ、松阪上空へ向かう。

松阪から南の伊勢にかけて、帯状に雲がかかっていた。途中に切れ目があって、十数機の一列横隊をなすP-51が下方に現われた。対地攻撃をめざす敵の高度はごく低い。距離を詰めれば、絶好の優位戦に持ちこめる。

ほかに在空の敵がいないのを確認した檜大尉が、鳥羽の上空から一五キロほど西方の明野を見やると、煙が上がっている。教導飛行隊の主任務は明野防空なので、「涙をのんで」(檜さん)得がたい機会を見送り、一弾も放たず機首を返した。

このP-51群は硫黄島を発した第7戦闘機兵団の五一機の一部で、正午すぎに明野と鈴鹿海軍基地を襲った。そのうち第15戦闘航空群・第78戦闘飛行隊のロバート・W・ムーア大尉は、明野飛行場を離陸してきた一式戦(三型)の尾部を偏向射撃で撃って、飛行場内に撃墜した。もう一機の一式戦はやはり低空で、第21戦闘航空群・第531戦闘飛行隊のロバート・I・マリン大尉機に落とされている。

神戸がB-29の焼夷弾無差別空襲を受けた六月五日、「敵の帰路を襲え」の命令で明野の五式戦が出動にかかる。走れない檜大尉は、側車《サイドカー》に乗り機側へ向かわせた。

上：4月22日の敵襲時に明野から発進し、P－51の追尾を避けるため離脱機動をとる一式戦三型。助教の伊藤勝士軍曹機と思われる。下：4月22日に明野周辺の空域で一式戦の撃墜を記録した、第78戦闘飛行隊のロバート・W・ムーア大尉と乗機P－51D。合計12機を落とした第7航空軍のトップエースだ。

第二大隊の機数は、合計一三機（檜さん）、四中隊は一二機（西村さん）、の異なる回想で判然としない。投弾後のB‐29群を紀伊半島東部で捕捉し、部下の積極性を引き出すため先んじて攻撃に入ろうとした檜機は、激しい振動に襲われた。方向舵の修正片《タブ》の飛散による珍しいトラブルで、戦闘はとてもできない。可能なかぎり戦況を見守るのみ。

四中隊の会敵高度は四〇〇〇メートル。次から次へと迫り来るB‐29のうち、二機編隊を捕捉した西村大尉は僚機の鎌田正邦大尉とともに、向かって左側の二番機に前上方攻撃をくり返す。ねばりすぎとも思えた三撃目、前側上方からの攻撃は相討ちだった。敵に白煙を噴かせたが、西村機の右前方から入った一二・七ミリ弾一発が、右足の膝付近と座席後方の第三タンクを射抜いた。

わずかに動く右足は、痛みよりも出血がひどい。鼠径部《そけいぶ》を右手で押さえ、左手で操縦桿をにぎって、鎌田機と明野へ向かう。特に困難と思わなかった着陸も、先に帰っていた檜大尉の目には「負傷している」と分かった。

足が利かず操向不能の五式戦を、主スイッチ切断でエンジン停止、飛行場の中央あたりで止めた。檜大尉が手配した始動車に乗って到着し、「西村、しっかりしろ！」と翼上から声をかけて血まみれの右足を見ると、膝の皿にダメージがあった。

動じない性格の西村大尉の意識は正常で、明野の陸軍病院へ運ばれ手当を受けたのも正しく記憶していた。深傷《ふかで》だが膝が残り、自分のような隻脚にならなかったと知って、檜大尉は安堵《あんど》した。

教導飛行隊の損失は阿部司郎、日比重親少尉の二機。報告戦果は撃墜一機（うち不確実五機）とされる。第21爆撃機兵団はB‐29一機が帰らず、その多くは神戸と周辺の空域で落とされていて、五式戦との交戦結果は不明だ。

その後六月中旬〜下旬に第二大隊は、明野から高松へ移る。守備範囲の変更というより、戦力温存の傾向が強かった。

準戦隊から戦隊へ

明野教飛師の戦力化はさらに進んだ。

戦隊編制に準じた第一教導飛行隊の主体をもって、七月十日付で飛行第百十一戦隊が編成された。同様に、常陸教飛師からも百十二戦隊を新編。最後の陸軍戦闘機部隊である両戦隊は、第二十戦闘飛行集団司令部の隷下に編入され、本土決戦時の決号作戦に用いる方針が立てられた。

百十一戦隊に変わったため、戦隊員の訓練以外の教育任務はなくなった。前身の教導飛行隊と同じく石川中佐がトップの戦隊長に任命され、第一大隊長は江藤少佐で三個中隊、第二大隊長が檜少佐（六月進級）で二個中隊を指揮する。

当時ほかにはない「大隊長」呼称を本来の「戦隊長」の代わりに用いたのは、戦闘機操縦

酷暑の7月、大阪・佐野飛行場の周辺で秘匿の土木作業を手伝う将校操縦者。林に引きこまれた飛行第百十一戦隊の五式一型戦闘機が見える。

者に身体の欠損を認めない航空本部の規則ゆえだ。前身の教導飛行隊のときは臨時に使ったが、こんどは制式の職名である。第二大隊は第四、第五中隊で、前者は前身と同様に杉山大尉、後者は西村大尉の後任者・三原啓男大尉が任じられ、三中隊だけ四式戦で、ほかはすべて五式戦装備だった。

陸士五十七期のいわゆる二次転の教育を、明野と佐野分教所で一式戦三型を使って進めていた辰田中尉（六月進級）は、B-29の高高度邀撃に加わって白煙を吐かせ、十数発の敵弾を受けたのち小牧に不時着した。檜少佐が技倆をほめる中尉は、百十一戦隊の編成開始で四中隊付が決まる。

同期の冨永中尉は高松で、五中隊に加わった。冷静な判断の中尉が見た檜少佐像は「知るかぎりで最高の名隊長。こまやかに気をつかってくれ、皆から慕《した》われました。明野の沈滞ムードを払拭《ふっしょく》し、『敵を落とせる態勢にしてやるぞ』と空中指揮をとり続けた」

関東から九州に散在する戦闘部隊の戦力を、一地域に集中してB－29群を叩く制号作戦。その制四号が七月十日に命じられ、百十一戦隊は佐野飛行場に移動した。

だが艦上機とP－51の大規模侵入、B－29空襲の夜間化などによって、航空総軍司令部（四月に創設。北海道以外の内地と朝鮮の陸軍航空戦力と諸施設を統率）と隷下《れいか》各部隊の司令部、本部の緊密な連携はとどこおりがちだった。戦闘隊の随時移動と集中使用はかなわず、制号はなしくずしに発動中止。大規模で複雑な所在戦力の増減を、可能にする余力と体制はもはや存在しなかった。

「動力の信頼性が高い五式戦なら、どこの前進飛行場でも使えるが」。指定どおりの移動を終えた檜少佐は、制号の中止に残念な心境だった。

苦しい戦闘の結果は？

硫黄島のP－51D群は七月十五日に続いて、翌十六日も東海地区の航空施設と在空機をねらう。第21戦闘航空群の四八機と第506戦闘航空群の六四機が離陸し、伊勢湾を北へ飛んで八八機が侵入した。

敵小型機の集団が伊勢湾に向けて北上中の情報が、佐野飛行場の百十一戦隊に入ったのは十六日の午前十時ごろだ。連携不足と有効な情報を得られないため無為に終わった前日の分もと、檜少佐は志摩半島上空へ向かう。

第二大隊は本部小隊四機、四中隊と五中隊が四機ずつの合計一二機。機付整備兵がエンジンにスパナを落としたため、トラブルが懸念されて辰田中尉は上がれなかった。江藤少佐指揮の第一大隊も一二機で、高度は五〇〇〇メートル。右後方へかなり間を置いた上方、一〇〇〇メートルの高度差で第二大隊が占位していた。

松阪上空にかかるあたりで、四中隊四機が右手の伊勢湾方向へ離れ、下方に見つけた洋上のP－51三機編隊へ向けて降下していく。彼らの掩護のためその上方へ飛んだ檜少佐の胸に、強い戦意がわき上がった。湾上に出た彼の直下に、四機ずつの敵三個編隊が横に連なって鋭く旋回中だ。

ビルマでP－51（ただしエンジンが異なるA型）を落とした経験から、この機との戦闘に自信を持っている。彼にとっていやなのは、突っこみがよく一撃離脱を主用するカーチスP－40だった。

上空かなたに、空戦を知って名古屋指向から引き返してきたP－51の、大きな編隊が見えた。四中隊は空戦から離脱し、上昇にかかる。うねって縦隊で飛ぶ敵三機編隊の後尾機を、降下しつつ追う少佐。高速時の反トルクを消すため、踏み棒《フットバー》を強く踏むと義足が滑りかかる。

僚機に藤井中尉だけがついてきた。

このとき後上方にP－51群が接近し、攻撃態勢をとりつつあった。これに対応したのでは、眼前のP－51を落とせない。檜機はそのまま、射距離を五〇メートルから二〇メートルまで詰めた。手を伸ばせば届くほど近い。

五式戦の速度をしぼって照準を合わせ、機首の二〇ミリ機関砲ホ五を短く放った。浅い後上方攻撃、射弾は五～六発か。この一撃でP－51は火を噴き、空中分解で散った。残る二機は反撃せずそのまま離脱していった。少佐には、彼らが編隊僚機の被墜に気付かなかったように思われた。

長機の撃墜に見入っていたらしい藤井中尉は、後方からの一二・七ミリ弾が命中。発火した乗機から、幸いすぐに落下傘が出た。

杉山大尉以下の四中隊四機も空戦に入って、苦戦の様相だ。内陸部を飛んで上昇した江藤少佐の第一大隊一二機は、やはり多勢に無勢の戦闘を余儀なくされた。いずれも二機・四機の編隊を維持するのは困難だった。この面でのキャリア不足、無線連絡の不如意、機数の大差が原因だ。

ほぼ一時間におよんだ大規模空戦で、百十一戦隊が記録した戦果は撃墜一一機（うち不確実五機）。戦死者は鈴木甫道大尉、岡次郎大尉、高野英穂中尉の四中隊三名。順に地上兵科から転科、他機種から転科、経験の浅さ、というマイナス面の隙を突かれたのか。ほかに藤井中尉ら二名の落下傘降下があった。

確実撃墜と損失の六機対五機から、五式戦がP－51多数機を相手に健闘を示したと思えよ

7～8月に辰田中尉が佐野から明野に出向いて受領した新品の五式戦一型。主翼下にロ三弾用の弾架が付いている。尾翼に戦隊マークを塗装ずみだ。

うが、実態は違った。未帰還は第506戦闘航空群・第457戦闘飛行隊の、ジョン・W・ベンボウ大尉の乗機だけ。彼の最期を視認した者はおらず、彼我の状況から檜少佐の獲物だったのはまず間違いない。

二個FGが戦った日本機は四式戦、二式戦、一式戦、零戦、「紫電」/「紫電改」が報告されたが、戦闘空域からどれも五式戦だったようだ。彼らも撃墜二四機（うち不確実二機）を報告していて、百十一戦隊ほどではなくとも相当な膨張戦果だ。乱戦が招いた結果と言ってもいいだろう。

その後の組織的空戦はなく、八月に入って第一大隊長は、山本順三少佐に代わった。本土決戦に備えて、戦局の様相と変化に応じやすい、愛知県の小牧飛行場への移動を命じられ、十三日の正午すぎに佐野を出発。

大阪湾で学鷲少尉に、ロ三弾攻撃の超低空飛行を教えていた四中隊・辰田中尉。一発八キロの空対空ロケット弾を、上陸用舟艇攻撃に使う訓練だ。佐野で詔勅を聴いたのち、新品の五式戦で小牧へ飛んだのは十六日だった。

新たな基地たる飛行場に移って二日後に敗戦を迎え、明野の二二年間の陸軍航空史が閉じられた。ここが陸軍戦闘隊の要石《かなめいし》だったと、肯定するにやぶさかでない。

最高殊勲の防空司偵隊

——率先垂範の部隊は強し

内地防空の陸軍邀撃《ようげき》戦闘機の異色は、百式司令部偵察機に機関砲を取り付けた、いわゆる武装司偵である。

ターボ過給機装備の高高度戦闘機が加わるまでのピンチヒッターに、既存機のなかでは高空性能に優れた百式司偵が選ばれた。敵戦闘機から逃れる速度を得る目的で、軽量化のために捨てた攻撃力を、新たに大口径火器で盛りこむ。逃げる機を追う機に変える、パラドックス的処置なのだ。

陸軍航空工廠では、機首に二〇ミリ機関砲ホ五を二門装備した型を昭和十九年（一九四四年）末までに七五機、前方席と後方席のあいだに三七ミリ機関砲ホ二〇四を一門追加装備した型を二十年一月までに一五機、それぞれ改修製作する。両者とも百式三型司令部偵察機乙（略号キ四六－Ⅲ乙）、略して百偵三型乙とするのと、後者を三型乙＋《たす》丙として分ける、二通りの呼称があった。

当然ながら武装司偵の多くは内地に配備され、実質的に四個部隊が運用した。本土防空に強い関心を抱く筆者は、いずれの部隊についても著作に採り上げ、組織の内容や戦闘状況を記述した。武装司偵の闘いは例外なく過酷だった。

このうち、最多の戦果を記録した独立飛行第十六中隊・高戦隊／独立飛行第八十二中隊については、ある重要なことを記述しなかった。ちょうど四半世紀前（本稿初出の平成二十一年／二〇〇九年からさかのぼって）、被取材者の一人と約束を交わしたからだ。その制限を自身で解いたいま、あらためてこの部隊の苦闘を振り返ってみたい。

任務一八〇度転換の大変さ

近畿と中部の防衛を担当する中部軍。太平洋戦争が始まるまで、同軍司令部の指揮下にあった唯一の防空飛行部隊が、九七式戦闘機を装備する飛行第十三戦隊である。開戦四ヵ月前の昭和十六年八月、来攻する敵を早期に発見する目的で、九七式司令部偵察機三機による司偵班が十三戦隊に付加されたのが、そもそもの発端だった。

飛行場を兵庫県加古川から大阪市大正に移して開戦を迎え、十七年八月の第十八飛行団司令部の新編にともなって司偵班は十三戦隊から独立。定数九機の十八飛団司令部偵察中隊へと拡充された。九七司偵が百式司偵に機種改変されるのは、十八年の春から夏にかけてだ。

十九年七月、十八飛団司令部は廃止されて、一ランク上の第十一飛行師団司令部を編成。同時に十八飛団司偵中隊は、一・五倍規模の独立飛行第十六中隊に改編された。

機首に二〇ミリ機関砲を付けた百偵三型乙が大正飛行場にもたらされたのは、マリアナからB－29偵察機型のF－13Aが内地上空に侵入を開始する直前の、十月末だった。ボーイング超重爆の優れた高高度性能は、満州での邀撃戦で分かっていた。

独飛十六中隊の操縦者が武装司偵を飛ばすだけなら問題ないが、空戦に関しては経験値ゼロで、訓練もしていない。そこで、同じ十一飛師隷下の戦闘部隊である飛行第五戦隊から、飛行隊長・馬場保英《やすひで》大尉と鵜飼義明《うがいよしあき》中尉が戦技教育を受け持つように命じられ、派遣された。五戦隊の装備機は外形が類似の二式複座戦闘機だが、事前に百偵の飛行特性を覚えるため、偵察機操縦教育を担当の下志津《しもしづ》飛行学校へ出向いて、未修（操縦会得）訓練を受けた。

高速飛行に主眼を置いて作られた百偵は、運動性、速度、上昇力のいずれもを追求した戦闘機とは、まったく内容が異なる。まっすぐに飛ぶためのヤワな飛行機で急機動をとる困難さ、高速時における三舵の利きの鈍さを実感した馬場大尉は、士官学校同期の独飛十六中隊長・武藤広喜大尉に、一撃を加えて駆け抜ける戦闘法を勧めた。大正飛行場に滞在したのは十月の一週間ほどだった。

独飛十六中隊内で高高度戦闘隊、略して高戦隊ができたのは十一月に入ってからだ。隊長に選ばれたのは、部隊生え抜きの成田冨三《とみぞう》中尉。馬場大尉からくり返し言われていたのだろう、武藤大尉は高速で浅い角度の降下、上昇に対し「成田君、気を付けなければいかんぞ」と念を押した。この部隊では「武装司偵」の名は使われず、高高度戦闘機を略して「高戦」と呼んだ。本稿でも以下、高戦を用いる。

本来の百偵三型は、二型に比べ速度も上昇力もまさり、軽快で、ただ飛行するだけなら高度一万メートルを超えるのに特に困難はなかった。成田中尉にとっての記録は、同乗者なしの軽荷重で一万一五〇〇メートルである。

しかし二〇ミリ機関砲二門を機首に付けた高戦は、重量増とヘッドヘビーによって軽快さが消え、操縦感覚に重みが加わった。操縦桿は若干、引き気味の操作を要したが、高度をとってしまえば苦にはならない。好調な機で九〇〇〇メートルまで三〇分、一万メートルへは四〇分で到着でき、既存の戦闘機のいずれよりも早かった。

機体強度の低さから急横転、急反転、急降下は、機体破損や空中分解を招きかねない厳禁の操舵だ。前上方攻撃の演練のさい、降下角度を少し深めると、引き起こしに難渋し、成田中尉も冷や汗がにじんだときがあった。主脚の強度にも余裕がないので、着陸時には注意を要した。

別名で言う乙+丙も、続いて配備された。胴体の中央部に重量一三〇キロの機関砲ホ二〇四を加えたため、重量バランスはむしろ向上したが、高度一万メートルへの上昇がかなわず、七〇度上向きに突き出た長い銃身の空気抵抗により、最大速度が四〇～五〇キロ／時も低下した。

百偵三型の外形上の特徴である、機首と一体化した曲面の固定風防は、機内照明が夜間に反射し、計器などが映って視界を妨げるため、操縦者の不評を買っていた。これが高戦で普遍的な形状に変わったのは、誰にとってもありがたい改修だった。

愛知県清洲飛行場に飛来した百式三型司令部偵察機乙(乙＋丙)。機首から20ミリ、前後の風防間に37ミリ機関砲が突き出す。尾翼マークは前身の独立飛行第十六中隊を示すが、撮影時の昭和20年４月には独立飛行第八十二中隊の機材だった。

高戦のほかに、百偵三型の胴体下に懸吊架を二基装着し、五〇キロのタ弾を一発ずつ付ける、応急仕様機も用意された。タ弾の実際の重量は約六〇キロで、内蔵された七六発（一発七〇〇グラム）の小型爆弾が散開、当たれば炸裂する、編隊攻撃用の空対空兵器である。他部隊ではこれを高戦にも装備したが、独飛十六（と略称する）は高空性能のさらなる低下を嫌い、百偵用に限定した。

空戦技術を持つ操縦者は隊内ではまかないきれず、五戦隊から古《こ》後《ごう》武雄准尉、後藤信好曹長、中村靖《やすし》曹長、原三郎軍曹、同じく複戦の四戦隊から高橋英男軍曹、明野教導飛行師団から中村忠雄少尉らが十二月上旬までに転属してきた。これら戦闘隊員のほか、鉾田教導飛行師団からの襲撃機／軽爆撃機の操縦者も加わって、合計で十数名。生粋《きっすい》の司偵操縦者は、成田中尉を含め三名ほどにすぎなかった。

戦闘機操縦者の身体と感覚には、急機動が叩きこまれている。高戦でそれをやれば、空中分解しかねない。「反転離脱をやります」と申告された成田大尉（十二月一日に進級）が「それはやめてくれ」と制止したが、反射的に操作に入れてしまい、武藤部隊長からきびしく叱られる者もいた。

転入者の多くは中堅以上なので、着陸に関しては弱い主脚を折る事故はなかった。専門の射撃は、逆に成田大尉が超ベテランの中村少尉などに要領をたずねた。過半の操縦者が転入のまとまりにくい高戦隊を、大尉は人格と努力でリードしていく。

軽爆分科の出身で、軽快な九七式軽爆に続き、より運動性が高い九九式襲撃機で実戦キャリアを積み、二式複戦での訓練もひととおり終えた後藤曹長は、戦闘分科出身者よりも高戦の特徴に順応しやすかった。複戦では高度八〇〇〇メートルから上は苦しく、一万メートルへの到達には大変な努力を要するが、司偵はもとより高戦でも確実に上がり続けて一万メートルに到達可能。高戦で一万五〇〇〇メートルを超える、上昇の自己記録を作った。

独飛十六の機材は、本来の偵察隊が百偵一二機前後（ほとんどが三型）なのに、派生の高戦隊は最多時には一六機（過半が高戦。一部は夕弾装備の百偵三型）にまで増えている。

きわどい突進

F－13Aが初めて中部軍管区の上空に姿を見せたのは、昭和十九年十一月十三日の午前。高高度を北上し、午前十時すぎに三重県上空にいたった敵一機は、名古屋にかけての空域を三〇分ほど飛んで、南へ去っていった。

独飛十六の大竹徳夫伍長（操縦）－安藤進中尉（機長で偵察将校、無線も担当）機は、この敵を紀伊半島南方洋上へ追いかけたが、そのまま音信を絶ち帰ってこなかった。高戦隊で最初の戦死者がこの二人だった。

その後一ヵ月間は単機の偵察侵入だけで、情報が入るつど出動した高戦隊も、損失を出さないですんだ。

十二月十三日の正午すぎ、八丈島の電波警戒機乙《レーダー》に敵編隊が感応した。まず独飛十六偵察隊の百偵が発進して、紀伊半島西岸部の上空を哨戒にかかる。そのコースからB－29群の爆撃目標は初の名古屋と判断され、十一飛師は隷下・指揮下部隊の出動を下命。高度八〇〇〇～一万メートルから三菱・発動機製作所へ投弾するB－29群に対抗し、典型的な高高度邀撃戦を挑んだ。

高戦隊は成田大尉以下が離陸し、三式戦、二式複戦を尻目に高度をかせいで来襲空域に到達。後方席に若林一男兵長を乗せて上がった中村少尉は、太平洋上への離脱をめざすB－29

19年晩秋の大阪・大正飛行場で、高戦隊長と飛行第五戦隊から転属の操縦者。手前左から中村靖曹長、後藤信好曹長、後ろ左から古後武夫准尉、隊長・成田冨三中尉、原三郎曹長。高戦の右後方は飛行第二百四十六戦隊の二式戦闘機「鍾馗」。

を攻撃し、そのまま激突、愛知県豊橋に落ちて散《さん》華《げ》した。体当たり戦死は特攻攻撃と同一視され、二階級特進の措置がとられた。同乗の若林兵長は空中へ放り出されたらしく、落下傘降下で生還している。

次の名古屋空襲は十二月十八日。高空での戦いにいくらか慣れたためもあり、十一飛師各部隊はよく戦ったが、高戦隊の損失は手痛く、中村曹長―鈴木茂男少尉、古後准尉―関川栄太郎伍長の二機四名を失った。鈴木機は体当たりののち愛知県三河湾内に墜落し、古後機も体当たりして三重県伊賀山中に落ちた。

さらに四日後、三度目の名古屋爆撃時には、高橋軍曹機が体当たり攻撃を加え、愛知県半田付近に落下。後方席の同乗者は不在で、戦死は軍曹だけだった。

独飛十六が当初に採用した戦闘法は、操縦と射撃の両面でやりやすい、浅い角度の後上方および後下方攻撃。だが追尾なので、B-29との速度差がないため敵銃座にねらわれやすく、手ひどい被弾機が出た。そこで、方向を正反対の対進（向き合う）に切り換えて、浅い前上方または前下方攻撃とし、編隊の端の防御火網が比較的弱い機を、目標に選ぶ戦術に改めていた。

前上方、前下方のどちらの場合も、たいていは単機、ときに二〜三機縦列で接敵、射撃し、機をひねらず敵機の上か下をすり抜けて再加速、できれば後続のB－29に同様の攻撃をかける。近づく高戦の射線をはずそうと、超重爆は左右へ動く。相対速度は八〇〇〜九〇〇キロ／時なので、みるみる接近し、敵の動きを目で追えばもう衝突寸前だ。戦闘機なら急上昇、急降下、急反転の離脱できわどく避けられても、華奢《きやしや》な高戦には不可能な機動である。

成田大尉が前上方攻撃にかかると、集中する敵曳光弾の輝きで風防ガラスは赤く染まった。あわや衝突のきわどい離脱。高戦の特性を熟知する大尉も、後ろからの敵弾をそらしたくて、つい過速のまま機をななめに滑らせた。とたんに後方席の少尉の声が伝声管からとんでくる。

「速度出すぎです！　翼が折れそうですよっ」。急いで出力レバーを引きもどした。

急機動不能の対進攻撃は、意図せぬ体当たりにつながりがちだ。また、直線的な飛行を続けるため、目標の未来位置を読む敵銃座のジャイロ計測式照準器に、捕捉されやすい。致命傷の被弾により、体当たりを決行した機もあったのではないだろうか。

体当たりは究極の行為だが、高戦の場合は、別の要因から結果的にそこにいたったケースが多いように思われる。

武装は使えるか?

昭和二十年に入って初空襲の一月三日午後、小坂《こざか》三男中尉だけが乗る高戦が高高度で戦って、大阪府堺に落ち、中尉は戦死した。

十四日のB－29群は紀伊半島を北上し、阪神地区へ来襲かと思わせたが、東へ変針、名古屋南部の三菱・航空機製作所を襲った。

後方席を空《あ》けたまま出撃した後藤曹長は、高度八〇〇〇メートルへ上昇。投弾を終え速度が出るB－29を追い、じりじり間合を詰めて抜き去った。緩い降下でいっそう差を広げたのち大きく旋回、抜いた敵機に前下方から連射を加え、火を吐かせた。曹長が追尾するうちに、手負い機はしだいに高度を失って、三河湾から一〇〇キロ沖の洋上に落ちた。部隊で数少ない、敵の最期《さいご》を視認した確実撃墜である。

同乗者を乗せない傾向が強まったのは、高空性能の向上が目的だ。二名搭乗の高戦だと、高度一万メートルまで上がるのが難しい。偵察将校にしろ下士官の機上無線係にしろ、電信を扱える者がいれば、部隊本部や師団の無線室からの情報を得たり、戦闘状況を送ったりするのに重宝するが、作戦高度まで到達しかねるときては致し方ない。操縦者一人の場合、電信は使えない(無線機の電鍵《キー》がない)から頼りは無線電話で、編隊僚機との通話も可能だが、距離が遠くなれば基地とのやりとりは無理だった。

結局、地上との連絡が不可欠な隊長機には偵察将校を同乗させ、状況を自分で把握し判断できる熟練者は一人で飛ぶかたちに、おおむね落ち着いた。中級者、若年者の場合は二人乗りである。

機材の老朽化とともに上昇力は衰える。飛行時間がかさんだエンジンは、出力が低下しがちだ。機体の被弾箇所にジュラルミン板のツギ当てをいくつも貼ると、空気抵抗が増して高空へ上がりにくく、速度にもマイナスに影響したのは言うまでもない。

上：高戦隊の百式司偵三型甲の胴体下に、50キロタ弾2発が見える。後方を同居の二百四十六戦隊の二式戦が走行していく。下：大正飛行場の一角に、丁字形の布板的を敷いて目標にし、タ弾攻撃訓練の降下角を測定中。架上の板の傾きから推測すると適正角度は20度あたりか。

タ弾は一～二機の百偵に搭載して、しばしば用いられた。主な難点は、B－29より一〇〇〇メートル前後も高く飛ぶ必要がある、緩降下での投下のタイミングが分かりにくい、投下後そのまま離脱するため効果を確認しにくい、の三点だ。しかし有効性は低くても、機関砲の攻撃よりは危険度が小さく、ときには撃破も報じられた。戦果への期待を大きくしなければ、若年操縦者にも使える兵器で、地上に敷いた布板的《ふはんてき》への降下訓練が継続される。

アイディア倒れなのが、背中の三七ミリ機関砲。速度と上昇力が目立って落ちるため接敵すら困難で、重量増から着陸もやりにくい。敵の高度が低く速度も抑えてくる夜間にまわしたが、占位が容易でなく使えなかった。補給される高戦のどの機にも付加装備が可能で、大阪航空廠で取り付けて、一時は保有機の半数を占めた。だが有効な火器とはなり得ず、この砲での戦果はゼロのまま、やがてすべて取り外された。

高高度邀撃戦はなおも続く。敵の爆撃高度が五〇〇〇～一〇〇〇〇メートル下がっても、高戦の闘いの苦しさは変わらなかった。一月二十三日、川崎武敏軍曹―竹井逸雄少尉機は名古屋爆撃後のB－29を洋上へ追撃したまま未帰還。実験的な焼夷弾空襲を神戸にかけてきた二月四日には、進級後の原曹長の機（同乗者なし）が帰還途上の敵と戦って、岐阜県南部の八百津《やおつ》に落ちて散った。

独飛十六は二月二十八日付で、第十五方面軍（旧・中部軍）司令官・河辺正三中将名の感状を受けた。このなかで高戦隊に対しては「邀撃戦闘ノ先駆トナリ撃墜一四機、撃破一四機ノ赫々《カツカク》タル戦果ヲ挙《ア》ゲタリ」と、四ヵ月の武勲が賞されていた。

苛烈な空

威力発揮ゆえだろう、感状授与の二月二十八日付で高戦隊は独立飛行第八十二中隊に改編され、別部隊に変わった。部隊長には、同じ大正飛行場を使う二式戦闘機「鍾馗《しょうき》」装備の飛行第二百四十六戦隊から、中隊長だった南登志雄《としお》大尉が着任した。かつて馬場大尉とともに戦技伝習を務めた鵜飼中尉も、五戦隊から転属してきた。しかし、他の補充者の技倆水準は高くなく、基本的な飛行訓練から始める必要があった。

三月中旬の名古屋、大阪、神戸市街地への大規模な夜間無差別空襲、それに関連した夜間偵察侵入が続いたが、独飛八十二中隊に戦死者は出なかった。

第十一飛行師団長・北島熊男中将は、十飛師の震天隊、十二飛師の回天隊のような空対空特攻隊の編成を命じなかった。半面で、事故に直結する視界不良ゆえに十および十二飛師司令部が手控えた、夜間と雨天の高戦の出動を下命した。

長らく航空部隊の指揮をとってきた北島中将が、飛行機と天候の関係に無知なはずはなく、独飛八十二の能力を買っていたためと思われる。やはり発進をひかえる雪の日にも命令が出て、成田大尉が操縦、発進している。

警報発令中の夜の飛行場は、敵の目標にならないよう、無灯火の暗闇状態。滑走路前方の進入灯だけは点滅させる場合もあり、ときには路面のスペリー（夜間着陸時の大型照明灯）照射も実施された。トップクラスの腕前をもつ後藤曹長は二度の夜間出動に出て、左翼の前

20年7月下旬、成田大尉が搭乗し発進前の暖機運転を進める。高戦の特徴である機首の20ミリ機関砲と改造された前部固定風防の形が明瞭だ。

照灯だけで特に難儀なく降着をこなしている。

もう一つの特異な作戦は長距離進出だ。四月十二日、東京の中島飛行機が爆撃されたとき、成田大尉らは直線距離で四〇〇キロの空域へ遠征して戦った。敵高度は四〇〇〇～五〇〇〇メートルと低かったが、硫黄島からP‐51D「マスタング」戦闘機が付いてきたため、高戦の行動は妨《さまた》げられた。伊勢村輝夫曹長（同乗者なし）が厚木の西方山中に落ちて戦死したが、B‐29の火網とP‐51の射弾のどちらが原因かは分からない。

六月上旬は阪神地区の市街地、工場が、集中的にB‐29の目標に選ばれた。

大阪市街地への焼夷弾空襲の六月一日午前。部隊長・南大尉が「わし一人で行く。乗らんでいい」と同乗を制すると、機上無線の最ベテランで気風《きっぷ》のいい千葉悟少尉が「いや乗ります」と切り返し、結局二人乗りで発進した。だが南機は帰らず、奈良県北部の丹波市《たんばいち》（現在の天理市）の水田に墜落、ともに戦死を遂げた。付近の空域で米第47戦闘飛行隊のP－51が「二式複戦《ニック》」の撃墜を記録した。随伴来襲した一五〇機近いP－51による、この日の唯一の撃墜戦果だが、阪神には複戦の部隊はなく、外形が似た高戦の誤認と推察しうる。戦爆連合が予想される危険度の高い出撃ゆえに、南大尉は千葉少尉を同乗させまいと断わったのだろうか。

南大尉の戦死判明から間を置かず、師団長命令のかたちで成田大尉が後任の独飛八十二中隊長を命じられた。

七日にも大阪市街地は昼間の無差別空襲を受けた。部隊次席の鵜飼中尉は同乗者なしで邀撃に上がり、来攻するB－29一三機編隊の先頭機に淡路島上空で激突、撃墜し、同島南の海面に墜落した。撃墜三機、撃破六機の個人合計戦果と、地上からの視認者が涙ながらに報告したほどの壮烈な体当たり戦死により、一ヵ月後に第二総軍司令官・畑俊六《はたしゅんろく》大将名で感状が出された。

６月７日の昼間邀撃で体当たり戦死をとげた鵜飼義明中尉。

B－29撃墜三機の戦果をあげていた辣腕《らつわん》の後藤曹長も、同日に夕弾装備の百偵三型で出動し、随伴のP－51に襲われた。

B－29編隊の高度は六〇〇〇～七〇〇〇メートル。投下可能なポジションを初めて得て「これなら行ける」と曹長は接敵する。このとき銀色の液冷機が目に入り、P-51かと警戒したら、伊丹の飛行第五十六戦隊の三式戦闘機「飛燕」と判明、味方の合図に主翼を振った。その直後、後方から本物の「マスタング」の射弾を浴びた。敵は三～四機。逃げるほかに手はない。

下方の雲にとびこんで振り切ったが、機首を起こしたときに新手の敵編隊と出くわし追撃された。ひたすら降下して離脱を図る。じりじり増速し、ついに七〇〇キロ／時を突破。とても引き起こしきれまい。「もうだめか」。後藤曹長は観念して、機の自然回復に任せた。

さいわい、被弾で潤滑油が漏れ切ったためエンジンが止まり、速度が低下。高度三〇〇メートル近くで水平飛行にもどせて、燃料を引きつつ海上を旋回し佐野飛行場にすべりこんだ。下が市街地続きなので夕弾を落とせず、胴体下に付けたままだった。

後藤曹長機に多くの弾痕を残したのは、第531戦闘飛行隊長のハリー・C・クリム少佐が率いる四機小隊である。正午すぎ、大阪市街地上空にさしかかるあたりで「ダイナ」（百偵の連合軍側呼称）を認め、攻撃したが撃破だけで取り逃がした、と報告している。ただし、曹長機を攻撃した二個編隊の、どちらがクリム小隊だったかは判別できない。

B-29の来襲高度が大幅に下がり、敵戦闘機が跳梁《ちょうりょう》する状況下では、高戦の存在価値は急落した。独飛八十二中隊は七月下旬（八月十日付？）で、千葉県東金《とうがね》の司偵部隊・第二十八独立飛行隊に編入されたが、敗戦の日まで大正を動かなかった。

賞詞にいわく「資性温厚ニシテ不屈ノ気魄《キハク》」締めくくりに、指揮官としての立場から常に率先出動を心がけた、成田大尉について記述する。

三月十七日未明の神戸への焼夷弾空襲時に、B-29に反復攻撃を加え、潮岬沖を三〇〇キロ以上も追いかけて止めを刺した。高戦全部隊を通じて、唯一の夜間確実撃墜だろう。

名古屋南部を焼きつくされた五月十七日未明。大阪は荒天の暗夜だったが、大尉は独断で単機発進し、来攻の超重爆を丹波市《たんばいち》上空で迎え撃って、駿河湾口の御前崎から洋上へ離脱するまで攻撃をくり返した。

こうした長距離進出では、後方席に偵察将校を乗せていく。師団司令部への、電信による無線連絡が必要だからだ。

七月十九日午後、紀伊半島南方に敵艦隊接近の通報があった。独飛八十二中隊は改変され埼玉県へ移動して不在のため、爆弾架を外した百偵三型に撮影担当の原陽一見習士官を同乗させ、偵察に飛んだ。空母がいればF6Fが待ち受けるから、落とされる可能性は少なくない。潮岬沖三〇キロで巡洋艦、駆逐艦の五隻を発見、写真に収めて帰還した。

敗戦の八月十五日の可動はわずか二機。夜「高知沖に敵機動部隊」の通知と索敵命令が師団司令部から入電した。思わしからぬ天候の夜に飛べるのは、成田大尉と後藤准尉（七月に進級）だけだから、操縦者を選ぶ必要はない。ところが十六日未明の燃料補給中に、照明のロウソクから引火して、大尉が乗る機が燃えてしまった。

機動部隊の索敵は、被撃墜すなわち戦死に直結する。「後藤が行きます」。准尉が決意を述べると「お前は残っとれ」と大尉は命じた。

ややたって、敵情不明による出動見合わせが司令部から伝えられたが、朝を迎えると今度は対B－29索敵攻撃命令である。成田大尉は最後の一機で離陸し、太平洋上を午後二時まで飛び続けて、ようやく離脱しつつある単機のB－29を発見。追跡し二度三度と攻撃を試みたが、分厚な雷雲に入って揉《も》まれ、機の姿勢と高度を失ってしまった。

海面スレスレで立て直し、乏しい燃料残量を案じつつ北上して、海軍の岩国基地に着陸した。尾輪が着くと燃料タンクが傾いて、わずかな残燃料の供給がとだえ、滑走中にプロペラが停止した。高戦による作戦飛行の終焉《しゅうえん》であった。

独飛八十二に改称されてからの高戦戦力の合計戦果は、B－29の来襲が夜間および戦爆連合に変わったため低下し、撃墜七〜八機と推定される。独飛十六当時の戦功と合わせた撃墜二十数機が、高戦各部隊のうちで抜き出た殊勲なのは間違いない。合わせて空勤二〇名の戦死者も群を抜く。

煙を吐いた場合を撃破、火を噴きながら高度を下げていく場合を撃墜と判定したが、急反転できない高戦の戦闘では、それを確認するのが困難だった。十一飛師の司令部部員たちは、地上からのチェックや墜落地点の照合を扱うかたわらで、「撃破」よりも「撃墜」に決めたがる傾向があった。戦果が過大に見なされがちなので、成田大尉は自身も含め、報告にはどうしても曖昧《あいまい》な部分が生じやすいことを、師団長や参謀に進言した。

この点で、個人撃墜三機のうち二機が不確実、ほかに撃破二機、と自認した後藤准尉の姿勢は冷静である。

第十一師団長・北島熊男中将から賞詞を授与される独立飛行第八十二中隊長の成田大尉。7月8日、大正飛行場で。

出撃に一度として遅れをとらなかった成田大尉は、昭和二十年七月六日付の賞詞を北島師団長から授与された。そのなかに、彼の合計戦果をB－29撃墜七機、撃破八機と記してある。被弾が激しいための不時着が数回、使用不能と化した乗機が三～四機。賞詞の「真ニ空中戦士ノ亀鑑《キカン》」の一文にはいささかの誇張もない。

終戦時に成田大尉の右腕だった後藤さんは「隊長は控えめ、温厚で威張らない。しかし戦闘では積極果敢に攻撃するタイプでした」と回想する。地上兵科から航空に転科した将校で、司偵の未修訓練中に敗戦を迎えた米沢博信さんは、軍関係の交際をすべて断ち、質問には応じないが、成田さんの人柄についてだけ「まじめで立派な人」と短く答えてくれた。

取材のおり、武装司偵で最高の個人戦果を知って驚いた筆者に、成田さんは「実際には半分ぐらいと思っています」と語り、こう続けた。「私の戦果など書かないように。戦死された御英霊、よく戦った部下の活躍を記録に残して下さい」

高い人格の感化を受けたからか、この約束を六五年余のあいだ破らないで来た。昨年（平成二十年）、成田さんは逝去され、いまは戦友たちと彼岸の園で楽しく語り合っておいでだろう。誓った言葉を反故《ほご》にしても、勘弁願えると思う。

あとがき

零戦と機動部隊がない陸軍航空は、それゆえ知名度が確実に劣る。あか抜けず（と思われがち）生《き》まじめな服装が親近感を遠ざける。そして昭和二十〜五十年代に発表された海軍関係者による記録、回想手記の〝海軍優越〟〝海軍偏重〟傾向が加わった。

もう一つ付け加えるなら、制度や組織の構成と名称がやや複雑で、それぞれの名称になじめない難点があげられよう。日本語ナイズの偏重もこれに含まれる。

著者はこれまでに、そうしたマイナス感をできるだけ減らそうと努めてきた。本書でもそれを踏襲して、適宜の介添《かいぞ》えに留意したつもりだ。文意をより正しく把握ねがえれば、ねらいは当を得たわけである。

掲載した一〇篇それぞれの背景や諸事情には、次のような観念、思い出があった。

〔伝聞「加藤軍神」〕

初出＝「航空ファン」二〇〇七年三月号（文林堂）

インタビューした人の数が増えてくると、取材目的ではない予期しなかった部分で、共通の、あるいは関連し合うケースが何名にも出てくる場合がある。いわゆる〇〇つながりというやつだ。

三式戦「飛燕」部隊、五式戦部隊、航空審査部、ノモンハン事件の飛行場大隊の談話を、各人から聴くうちに、加藤建夫部隊長の話題が出て、いずれも興味ぶかいのでノートに控えておいた。加藤夫人には、部下だった檜與平さんの案内で、明野飛行学校が作った加藤中佐の「隼」の大型模型を見に出向いたさいに、想い出をうかがった。

加藤部隊長についての回想をつなぐと、昭和七年（一九三二年）から戦死をとげるまでの一〇年間のようすが、スポットライトを当てたように浮かび上がった。旧版のときの語り手六名と今回あらたに加えた一名はみな人格者で、部隊長の秀でた人がらを、接点に沿って形容してくれた。

軍神去って七六年。語り手も全員がとうに物故され、すでにない。

〔さいはて邀撃戦〕

初出＝「航空ファン」一九九六年二月号（同）

二つの話で構成してあって、メインは後半だ。ハワイ作戦・第一次攻撃で、零戦隊指揮官を務めた板谷茂少佐の、事故による殉職は名簿にも載っている。だが、どんな事故なのかを具体的に説明した、オリジナルな文献はほかにないと思う。

もう三七年前の一九八一年(昭和五十六年)、海軍夜間戦闘機に関して清水康男さんに取材したとき、余談で出た板谷少佐の事故のようすを聴いた。その二年後、こんどは陸軍夜間戦闘機史の調査で新屋弘市さんに会って、やはり余談で誤認撃墜に話が及んだとき、「あれっ?」と思って、帰宅後に清水さんの取材ノートを引っ張り出した。

二つの談話が合致したのは、まったくの偶然だ。これを一篇にまとめるにはデータ、傍証が足りないので、放置するうちに両氏は亡くなった。

新屋さんへの取材から九年たった一九九二年、別件の取材中に、尾川芳治郎さんがこの事件の直接関係者だと教えられた。三つもかさなった偶然に驚きつつ、いまだ不充分とはいえようやく証言がそろってきた。

飛行機雑誌への掲載なら、内容をさらに掘り下げられると申し分ない。そこで同じ戦隊の横崎二郎中尉の体当たり撃墜との組み合わせを思い付いて、中尉の僚機だった碓井健次郎さんに質問する。これで準備は整った。

短期連作の二作目に予定して一九九五年の晩秋、たずね忘れていた部分を碓井さんに確かめた。念のため、誤認撃墜をもち出したら、なんと彼もその空中現場に居合わせたという。四半世紀のあいだに偶然が四つ現われて、事件そのものに関しては、もう望めないほど材料が整った。

四年後の一九九九年には文庫の短篇集にも加えて、長らくの作業はようやく完結と見なしていたのに、なんと二〇〇九年、本を読んだ平澤道夫さんが「幌筵島でそのようすを見た」旨の手紙をくれた。

それ自体は特記する必要まではないけれども、三〇年がかりの一篇にできるのもなにかの縁と考えて、このたび記述を追加した。

〔重戦がめざす敵〕

初出＝「航空ファン」二〇〇九年一～三月号（同）

その国の軍隊の特徴は、勝ち戦《いくさ》の進撃時よりも退勢の戦いに表われる。著者が防空戦により強い関心を抱くのはそのためで、海軍の「紫電」とともに、かねて二式戦闘機「鍾馗」の通史も刊行予定の腹案に入っていた。

しかし、これまた活力の衰退ゆえに、具体的な着手にいたらず断念。罪滅ぼし（？）に、内地の防空専任部隊で唯一、二式戦だけを使い続けた飛行第七十戦隊の、戦闘史をまとめたのがこの中篇だ。

三〇年あまりの期間に一五名ほどの隊員の談話を聴いてきたから、まとまって記述されていない部隊の記録を作り出せる、と考えた。

ところが三回分の連載をつづり始めて、二回目に入ってから、つじつまの合わない部分が表われた。三個「中隊」の隊長および操縦者の所属に関してで、吉田好雄大尉、小川誠准尉らの「第三中隊」がとりわけおかしいのだ。やがて、追加の回想、諸資料および写真などによって〝歪《ゆが》み〟が判明した。

〔中隊編制での第三中隊〕→〔飛行隊編制が導入されたが名称は第三中隊のまま〕→〔名称変更により第三隊（別称・第三飛行隊）〕と変化する。第三隊の操縦者のうち小川准尉ら半数ほどは、弱体化した第一隊に編入。ついで第一隊長・河野涓水大尉が戦死して、第三隊先任将校の吉田大尉が第一隊長に任命された。この流れが正解である。

戦後に吉田さん、小川さんが、長らく所属した第三中隊／第三隊の印象が強いため、第一隊へ転属の記憶が薄らいだのに加え、私をふくむ直接取材者が状況をわきまえて細かに尋ねなかったから、〝歪み〟が生じたのだ。

機種を問わず陸軍機の垂直尾翼には、各飛行部隊のとりどりのマークが描かれ、中隊ごとに色分けがなされる。

七十戦隊の場合、第一中隊／第一隊が赤、第二が青、第三が黄。この本の掲載写真の吉田大尉機は、第一隊長機だから赤だ。第三隊当時の黄ではないかとの推測は、他部隊の多くとは違って、七十戦隊の黄が、珍しくレモンイエローと呼べる薄く明るい色調だったから、成り立たない。
プラモデル製作時の参考にしていただければ幸いだ。

〔戦果の裏側〕

初出＝「航空ファン」二〇〇五年五月号（同）
人間の集団である以上、どこの部隊でも少なからぬ葛藤、反感、抑圧など、精神的煩悶《はんもん》や苦痛が存在した。まして生命をかける実戦中の戦隊なら、無理や危険がつきものだから、苦しい感情が生む重い空気が流れて当然だった。
内地で初めてB－29を迎え撃った飛行第四戦隊と隊員について、取材を熱心に進めるあいだに、そうした腹立ち、わだかまりの心情をいくつも聞いた。伝説化された戦死者、戦史に著名な多数撃墜者、地道な真の実力者、平均をやや上まわる使いごろの中堅、熟練いまだしの将校および下士官操縦者、などのいずれに関しても。また、指揮官には職務に応じたつらさがあった。
回想手記からではまず分からない不満、怨念《おんねん》を、空対空体当たりを中心に置いて一篇にまとめ、当初は特攻が主題の短篇集に加えた。けれども小篇ながら、記述した内容はとりどりだ。しだいに違和感が募《つの》ったので、NF文庫の『必死攻撃の残像』からは外し、このたび、より適切な本書に移して安堵を得た。

上官への指弾を戦後の戦友会にまで引きずらせた過酷なポジションは、老練な他者から見ればやむを得ない措置と思えただろう。敗戦から年月をへるに従い、許される範囲で各種のエピソードを残す必要性を、しだいに強く感じている。

〔回転翼に託した人生〕

初出＝「航空ファン」二〇〇五年九月号（同）

中垣秋男さんがヘリコプターの操縦から地上職に移って、二年近くたった昭和五十四年（一九七九年）の早春に、戦時中の経験を勤務先で取材した。てきぱきした率直な話しぶりはノートにとりやすく、未熟なこちらの知識レベルをすばやく察知して、注釈と関連事項を適度に交えつつ語ってもらえた。

そのうえ、二式複座戦闘機「屠龍」でB-29を追って得た、撃墜三機、撃破三機の大きな戦果。該当の日時も確実だ。こんな人ばかりから回想を聴けるのなら、と初めての本を執筆する前途に明るみが増す想念を抱けた。

ところが、そう容易には運ばず、まもなく小難しい相手にぶつかって、「われわれをダシに金儲《もう》け（儲かるはずはないのだが）をする奴は、回状を出して誰にも会えなくしてやる」とののしられた。五年あとだったら、職域に根ざすその人物の内心の陰《かげ》を理解し、「誰にも会えな」いようにできるはずがないから、きちんと対応して御免こうむるのだが、若輩の情けなさで、打ちひしがれてしまった。

　そのとき「言いたい奴には言わせときなさい」と、笑顔で支えてくれたのが中垣さんだった。「回状が出ても無視すればいい」と。

　筋を通す人・中垣さんの、ヘリ人生はいかなるものだったのか。二式複戦操縦のころと、何がつながっていたのか。少年飛行兵の後輩だった井上邦治さん、作業をともにした整備士の岸政吉さんに加わってもらい、活動をたどってみた。

〔三式戦の比島、五式戦の本土〕
初出＝「航空ファン」二〇〇七年一月号（同）
「飛燕」部隊で戦って、機種改変後の五式戦闘機でも実戦経験がある操縦者。両機との関わりを、短篇一本をこなせるだけ語ってもらえた人という条件で、書き終えた幾十冊もの取材ノートを調べたら、川村春雄さんが見つかった。
　フィリピンでの苦戦や本土でのB－29との衝突など、戦歴は多種豊富だ。掛値のない落ち着いた語り口、包み隠しとは無縁のはっきりした説明だから、対談のかたちで記述してみたいと考えた。
　取材のとき、互いに知る固有名詞や表現は、略称を用いたり省いたりする。そんなとき、どんな話し方がなされるのか読者に知ってもらおうと、省略した語を〔　〕内に、捕捉説明を（　）内に示した（他篇にも流用）。カッコがやたらに多いのは、こんな理由からだ。話すとおりそのままだと、実はもっと短く縮めてしまうのだが。
実戦に使われた三式戦の意外な低性能、交戦した敵パイロットからの辛《から》い評価も、オブラートに包まないでそのとおりに記述した。抵抗があって消化しにくいかも知れないが、実情だから納得いただきたい。

〔常陸教導飛行師団と天誅戦隊〕
初出＝「航空情報」一九八五年一月号（酣燈社）
実施部隊から教育・訓練（操縦、偵察、整備、兵器、要務のいずれも）部隊までみな「航空隊」でまとめて、なじみやすい海軍航空にくらべ、目的ごとに名称がさまざまに異なり、あるいは制度の変更によって改称される陸軍航空の組織は、なかなか覚えにくい。冒頭に書いたように、人気の差の一因を成しているのでは、と思えるほどだ。
タイトルにした組織名もこの例にもれない。明野飛行学校の分校から独立して教導飛行師団へ〝二階級特進〟し、戦闘教育と機器材の実用テストのかたわら、フィリピン決戦のため特攻隊の編成と飛行機空輸も実施。続いて師団内に準実戦部隊を編成し、おりからの本土防空戦を戦い、さらに教育部隊と飛行戦隊に二分されて敗戦を迎えた。

一見、組織名称と付随任務がわずらわしいほど出てくるが、じっくり読めば、それなりに合理的かと理解してもらえるのではないか。そして名は知られずとも、実直に敢闘した陸軍航空の実態をも。

〔グラマン急襲！〕

初出＝「航空ファン」二〇〇七年一月号（文林堂）

辣腕《らつわん》整備将校だった刈谷正意《まさい》さんの各種手記によって、飛行第四十七戦隊が保有した二式戦と四式戦闘機「疾風」の、他部隊にくらべて断然高い可動率はよく知られている。しかし操縦者たちの意識、行動、空戦の実際については、個々の断片的な描写か、あるいは簡略な状況が総論的に発表されているだけだ。特に昭和二十年の使用機・四式戦にこの傾向が強く、部隊の実情も把握しにくい。

防空ひとすじに来た同戦隊は、戦果を得たが損失も相当にあって、空中での苦戦は地上の高可動率とはまた別物だった。なかでも陸海軍の全航空部隊が出血を強いられた、F6F「ヘルキャット」との戦いは、陸軍戦闘機の集大成と期待された四式戦にとっても容易ではなく、機数と戦法で抗しがたいため、敗北を余儀なくされてしまった。

四式戦導入後の経過と、不充分な態勢のもとでの痛恨の一戦を、操縦者たちの視点から、できるだけ詳しく再現してみると、飛行機はもとより、周辺機器、地上支援設備などが及ばない内容だったのを、あらためて知らされる。
記述した時点ですでに、取材協力を願ってきた空戦参加操縦者のうちでも複数名の物故者が出ている。回想を聴ける制限時間が近づきつつあるころだった。

〔明野の五式戦が迎え撃つ〕
初出＝「航空ファン」二〇一八年四月号（同）
前出の常陸教導飛行師団の前身・水戸の分校に対する、明野本校すなわち明野飛行学校こそ、陸軍戦闘隊の骨格をなす現役将校操縦者に、戦技教育をほどこし指揮官精神を注入する、基盤とも言うべき組織だった。同時に、新たな機器材の実用テストも担当したから、戦闘能力の涵養《かんよう》・開発の地でもあったのだ。
士官学校、航空士官学校を出て、隊付から中隊長、飛行隊長、戦隊長へと昇格していく彼らの、戦闘技術面で代表的立場にある明野の将校操縦者たちから、高評価を与えられる機材こそが、日本陸軍流の名戦闘機とされるのは当然だ。そうした高い技倆の古参中尉～少佐が、異口同音に最高点をつけたのが五式戦だった。
明野の役割、変貌《へんぼう》の歴史をできるだけ平易に紹介し、無味乾燥に陥らないように心がけて、大隊長・檜與平大尉／少佐のB－29、P－51Dとの空戦を、後半のメインに設定。単機空戦と編隊機動の融合を求め、それを具現化した五式戦を入手して終わる過程を、短篇に仕立ててみた。確実に日本戦闘機史を構成する一側面だからである。

〔最高殊勲の防空司偵隊〕

初出＝「航空ファン」二〇〇九年四月号（同）

取材中に相手から、「ここだけの話」「これは書かないように」と念を押されるときが、ままある。そんな場合、談話や資料を提供してもらった厚意を感じ、了解するのが私の方針だ。個人的な思考や行動に関する披露しにくい裏話が多いから、その部分を伏せても、たいていは記事の流れに問題を生じない。

そのままノートと胸の奥に封印してしまう内容のほかに、当人あるいは該当関係者の逝去などにより迷惑の及ぶおそれが消え去ったら、充分な配慮のうえで記述するケースがある。興味本位ではなく、公表した方が航空史の精度を上げる、と判断できることがらに限られるけれども。

こうした内緒話《ないしょ》のほとんどは、錯誤、威圧、失策、暴挙、欺瞞《ぎまん》など、マイナスの事態にからむ面が強いのだが、ごくまれに本人の抑制心、非自己顕示欲によって、プラス面なのに発表を拒《こば》む意志に出くわす。表面的な謙遜ではなく本心と分かれば、こうした珍しい申し出でもちゃんと遵守《じゅんしゅ》してきた。

百式司偵に機関砲を付加した、いわゆる武装司偵の隊長だった成田冨三さんが、そのまれな一人である。著者として四半世紀のあいだ封印を解かず、亡くなられたのちに、かねて決めていたとおり筆を執った。天上で「やれやれ、仕方のないやつだ」と苦笑されるのを覚悟のうえで。

編集の藤井利郎さん、小野塚康弘さんの的確な作業に支えられるNF文庫は、私が存分に思考し、推敲をかさね、満足な仕上がりを追求できる、理想的なフィールドだ。すでに一八冊目なのに、今回はそれを特に強く感じた。手に取って下さった皆さんに、感謝をお伝えしたい。

二〇一八年十一月

渡辺洋二

NF文庫

陸鷲戦闘機

二〇一九年一月二十三日　第一刷発行

著　者　渡辺洋二

発行者　皆川豪志

発行所　株式会社　潮書房光人新社

〒100-8077　東京都千代田区大手町一-七-二

電話／〇三-六二八一-九八九一(代)

印刷・製本　凸版印刷株式会社

定価はカバーに表示してあります

乱丁・落丁のものはお取りかえ

致します。本文は中性紙を使用

ISBN978-4-7698-3101-3　C0195

http://www.kojinsha.co.jp

NF文庫

刊行のことば

第二次世界大戦の戦火が熄《や》んで五〇年――その間、小社は夥しい数の戦争の記録を渉猟し、発掘し、常に公正なる立場を貫いて書誌とし、大方の絶讃を博して今日に及ぶが、その源は、散華された世代への熱き思い入れであり、同時に、その記録を誌して平和の礎とし、後世に伝えんとするにある。

小社の出版物は、戦記、伝記、文学、エッセイ、写真集、その他、すでに一、〇〇〇点を越え、加えて戦後五〇年になんなんとするを契機として、「光人社NF（ノンフィクション）文庫」を創刊して、読者諸賢の熱烈要望におこたえする次第である。人生のバイブルとして、心弱きときの活性の糧《かて》として、散華の世代からの感動の肉声に、あなたもぜひ、耳を傾けて下さい。

＊潮書房光人新社が贈る勇気と感動を伝える人生のバイブル＊

NF文庫

ソロモン海の戦闘旗　空母瑞鶴戦史［ソロモン攻防篇］

森　史朗

日本海軍参謀の頭脳集団と攻撃的な米海軍提督ハルゼーとの手に汗握る戦いを描く。ソロモンに繰り広げられた海空戦の醍醐味。

日本海軍潜水艦百物語　ホランド型から潜高小型まで水中兵器アンソロジー

勝目純也

毀誉褒貶なかばする日本潜水艦の実態を、さまざまな角度から捉える。潜水艦戦史に関する逸話や史実をまとめたエピソード集。

最強部隊入門　兵力の運用徹底研究

藤井久ほか

恐るべき「無敵部隊」の条件——兵力を集中配備し、圧倒的な攻撃力を発揮、つねに戦場を支配した強力部隊を詳解する話題作。

証言・南樺太　最後の十七日間　知られざる本土決戦　悲劇の記憶

藤村建雄

昭和二十年、樺太南部で戦われた日ソ戦の悲劇。住民たちの必死の脱出行と避難民を守らんとした日本軍部隊の戦いを再現する。

激戦ニューギニア　下士官兵から見た戦場

白水清治

愚将のもとで密林にむなしく朽ち果てた、一五万兵士の無念を伝える憤怒の戦場報告——東部ニューギニア最前線、驚愕の真実。

軍艦と砲塔　砲煙の陰に秘められた高度な機能と流麗なスタイル

新見志郎

多連装砲に砲弾と装薬を艦底からはこび込む複雑な給弾システムを図説。砲塔の進化と重厚な構造を描く。図版・写真一二〇点。

＊潮書房光人新社が贈る勇気と感動を伝える人生のバイブル＊

NF文庫

恐るべきUボート戦　沈める側と沈められる側のドラマ

広田厚司

撃沈劇の裏に隠れた膨大な悲劇。潜水艦エースたちの戦いのみならず、沈められる側の記録を掘り起こした知られざる海戦物語。

空戦に青春を賭けた男たち

野村了介ほか

大空の戦いに勝ち、生還を果たした戦闘機パイロットたちがえがく、喰うか喰われるか、実戦のすさまじさが伝わる感動の記録。

慟哭の空　史資料が語る特攻と人間の相克

今井健嗣

フィリピン決戦で陸軍が期待をよせた航空特攻、万朶隊。隊員達と陸軍統帥部との特攻に対する思いのズレはなぜ生まれたのか。

朝鮮戦争空母戦闘記　新しい時代の空母機動部隊の幕開け

大内建二

太平洋戦争の艦隊決戦と異なり、空母の運用が局地戦では最適であることが証明された三年間の戦いの全貌。写真図版一〇〇点。

機動部隊の栄光　艦隊司令部信号員の太平洋海戦記

橋本　廣

司令部勤務五年余、空母「赤城」「翔鶴」の露天艦橋から見た古参下士官のインサイド・リポート。戦闘下の司令部の実情を伝える。

海軍善玉論の嘘　誰も言わなかった日本海軍の失敗

是本信義

日中の和平を壊したのは米内光政。陸軍をだまして太平洋戦線へ引きずり込んだのは海軍！　戦史の定説に大胆に挑んだ異色作。